中国当代文学名家精品集

丹凤

陈仓 著

成都地图出版社
CHENGDU DITU CHUBANSHE

图书在版编目（CIP）数据

丹凤 / 陈仓著 . -- 成都 : 成都地图出版社有限公司 , 2025.5. -- (中国当代文学名家精品集). -- ISBN 978-7-5557-2790-3

Ⅰ. I267.4

中国国家版本馆 CIP 数据核字第 20258XF512 号

中国当代文学名家精品集：丹凤

ZHONGGUO DANGDAI WENXUE MINGJIA JINGPIN JI: DANFENG

著　　者：	陈　仓	
责任编辑：	高　利	
封面设计：	李　超	

出版发行：成都地图出版社有限公司

地　　址：四川省成都市龙泉驿区建设路 2 号

邮政编码：610100

印　　刷：三河市人民印务有限公司

（如发现印装质量问题，影响阅读，请与印刷厂商联系调换）

开　　本：710mm×1000mm　1/16		
印　　张：13	字　　数：200 千字	
版　　次：2025 年 5 月第 1 版		
印　　次：2025 年 5 月第 1 次印刷		
书　　号：ISBN 978-7-5557-2790-3		

定　　价：68.00 元

出版说明

2023 年春，教育部等八部门印发《全国青少年学生读书行动实施方案》。随后，122 家国家语言文字推广基地共同发出"典耀中华"主题读书行动倡议。一些具有文化情怀的出版社和文化公司，立即响应，策划各种适合青少年阅读的图书，《中国当代文学名家精品集》书系应运而生。

《中国当代文学名家精品集》书系由北京世图文轩文化发展有限公司（下称"世图文轩"）策划，由成都地图出版社出版。我非常荣幸地受邀担任主编。

世图文轩成立于 2010 年，系北京市内乃至全国较有影响力的图书发行公司之一，曾获得"重合同守信用企业""诚信经营示范单位"等荣誉称号。长期以来，世图文轩和众多出版社就优质图书出版进行合作，获得了合作伙伴的一致好评。在"典耀中华"主题读书行动中，他们敏锐地抓住机遇，迅速策划主要以初、高中生为读者对象的大型书系选题，显现出他们的眼光、魄力与胸怀，以及对于文化市场的拓展理想。我相信，这样一家致力于图书策划、出版的公司，其品牌信誉是毋庸置疑的。

为成长中的青少年读者集中呈现名家优秀作品，是一件虽然困难，却功在当代、利在未来的大好事，我能参与其中，与有荣焉。我必须以一种高度的使命感、责任感以及担当精神来做好这个书系，成就这件大好事。

令人特别感动的是，刚开始组稿时，刘成章、王宗仁、陈慧瑛、韩小蕙、王剑冰、李青松、沈念等老师就对这个书系表现出极大的支持和信任，并在第一时间提供了书稿以示鼓励。很快，几乎所有得知此书系的作家都认为这是在为作家、为"典耀中华"主题读书行动做一件好事、大事。由此，我和我的临时编辑室成员获得了极大的信心，热情也更加高涨，此后连续十个月，我们整个身心都扑在了这件事上。

一个人只要用心做事，人们是会感受到的，也会默默地予以支持。事实上也是如此。随着组稿工作的开展，我们和作家们的沟通日益频繁，我们发现，他们除了都表现出对这个书系的兴趣与认可，对当代散文创作的发展、繁荣的前景，还有一种共同的期待与信心。这对我们无疑是一种更为巨大的鼓舞与动力。

组稿虽然也费了不少周折，但总体上比想象中顺利得多。当然，非常遗憾的是，一部分作者由于手头书稿版权等原因，未能加盟到这个书系。

组稿只是我们工作的一部分，更为具体、更为烦琐的，是审稿事务，它出乎意料的繁重，也占据了我们比预想的多得多的时间和精力。偶尔，我们也有点儿想放弃了，但是，想着这是一件功德无量的事，又兀自笑笑，继续埋头苦干。在这个过程中，感谢师友们对我们工作的配合、理解、支持与信任。

静下心来，切实感受审读、编辑工作的价值和意义。

书系里，名家荟萃，佳作如林。有的，曾代表过一种新的创作范式；有的，曾开启过一种创作方向；有的，对某一题材开掘出更深更独特的思想；有的，有引领某类题材与风格的新面貌；等等。毫不夸张地说，散文多角度多样式的表达，在这个书系里应有尽有，全景式、全方位地呈现出中国散文几十年的创作成果，是当代散文创作的一个缩影。

总体上，无论是题材、创作方法，还是思想容量，此书系都呈现了散文广阔的视野，让我们感受到散文天地的无垠无际。

具体来说，以下几个特点特别明显：

一、作者队伍可谓老中青完美结合。入选作者的年龄跨度最大达半个多世纪，上有鲐背之年的高龄名将，他们文学生命之树长青，宝刀不老，象征着老一辈散文家依然苍翠的文学生命力；最年轻的三十出头，他们雏凤声高，彰显散文创作的新生力量蓬勃兴旺的景象；一大批中壮年作家，是当代散文创作领域里当之无愧的中坚基石，他们的创作正处于繁花似锦的鼎盛时期，实力毕现。

二、题材多元多样，内容丰富多彩。书系中，既有涉及上下五千年历史的洒脱智慧的历史文化散文，又有让人惊艳的初次涉猎的新颖、独特题材。有人写亲情，有人写风景。有些人写自己的童年，让我们看到其成长时代；有些人写一个城市或一条河流的前世今生；有些人写自己对故乡的记忆，从更有新意的视角表现这个时代的巨变；有些人集中了自己几十年的写作精品，让我们看到他们的创作道路上的足迹；有些人专注于一个主题，开掘深挖，独具魅力；有些人关注时代、关注身边的人和事；有些人剖析自己的内心情感……总之，反映中华传统文化、红色文化和当代自然文学精粹的作品，在此书系里比比皆是，或温暖动人，或鼓舞人心。

三、风格百花齐放，个性特点鲜明。几十部作品，有的侧重写实，有的侧重抒情，有的注重开掘思想，有的追求内容唯美，有的描写细致入微，有的叙述天马行空……表现方式千姿百态。但无论哪种风格，无论如何表达，皆个性鲜明，情感饱满，呈现出思想性、艺术性、可读性兼备的特质，读者可以从中获得不同程度的启发，感受到散文的魅力。

四、女性作者跳出了人们对"女性散文"固有的观念。书系中占有一定比例的女性作者，她们的作品虽然仍保留细腻敏感的特色，但大都呈现出大气开阔、通透有力的格局。她们温柔而现代的行文表达，对读者来说有着更为别致的情感体验和人生借鉴意义。

总之，这个书系，将是我们打造阅读品牌的开端。如果你愿意静下心来阅读，你一定会有所收获。

习近平总书记在文艺工作座谈会上讲话时指出："优秀文艺作品反映着一个国家、一个民族的文化创造能力和水平。吸引、引导、启迪人们必须有好的作品，推动中华文化走出去也必须有好的作品。"我们希望，这个书系能成为读者眼里"正能量、有感染力，能够温润心灵、启迪心智，传得开、留得下，为人民群众所喜爱"的"优秀作品"。

在此，特别感谢沈俊峰、陈晨两位搭档的通力协作，我的编辑朋友梁芳、胡玉枝的倾力相助，以及世图文轩、成都地图出版社上上下下推进此书系出版的所有领导与师友的大力支持和耐心细致的工作。他们让我感受到了团队的力量。同时，也特别感谢出版方将我和我的搭档的作品纳入此书系，我们把此举视为对我们的"嘉奖"。

上述文字，不敢称"序"，不敢称"前言"，甚至不敢称"出版说明"，仅表达此书系的缘起和一些组稿、审读的感受，也许过于肤浅，还望广大作者、读者海涵。

《中国当代文学名家精品集》主编

目录

丹　凤 / 1

丽　江 / 15

龙　泉 / 27

桐　庐 / 33

广　安 / 39

江　夏 / 47

南　昌 / 53

抚　州 / 59

长　治 / 66

酒　海 / 76

高　桥 / 84

中　山 / 91

贵　州 / 101

五　峰 / 113

蒙　自 / 126

安　溪 / 167

衡　水 / 182

被风吹过的地方（后记）/ 194

丹　凤

1

　　从来没有到过陕西丹凤的朋友问，你天天赞美你的家乡，但是我们很难想象到底有多美，你用一句话来形容一下丹凤吧。对我来说，人间最值得修行和朝拜的地方就是丹凤了。

　　在丹凤，水有丹江。丹江位于汉江的上游，两岸杨柳低垂，水清澈见底，水底铺着金黄的沙子，鱼儿游过时，通体是透明的，所以除了暴雨涨潮之外，天气晴好的时候，是无需垂钓的，只用瞄准了，伸手迅速捉过去便行了。如果是月夜，你可以脱下鞋子，挽起裤脚，踩着软绵绵的沙子，顺河而上，你在水中看到的，绝不是水了，而是月光与水溶在一起。人世间好多人是赏过月的，也披戴过月色，但是真正饮过月光的，却没有几个人了。只有在丹江，你可以掬一捧水与月光混合的液体，尽情地尝尝月光饮料的味道。

　　丹江里的水，与别处不同，全是从四面八方的山沟里涓涓而来的，而山沟里的水多数则是泉水，像我家门口，有一眼山泉，无论是旱还是涝，它总是从悬崖下边喷涌出来，而且冬天温润，夏天瘆牙，再经过几十里的林荫小道，就汇于丹江了。这样的水不仅是干净的，而且是有养分的，在丹凤这块土地上生活的人，都是喝着丹江里的生水长大的。而且丹江里，有许多稀有动物出没，发过洪水后，顺着丹江行走，不时能看见碗口那么大的鳖，带着一群鳖娃子，趴在巨石上，晒着太阳，听到脚步声便扑通扑通跳入水中去了。有时候在石头底下摸一摸，也许会逮着它的。不过一定得小心，一旦被它咬住了手指，它宁死也不会松口。夏夜里，也常有专门的捉鳖之人，他们顺着沙滩上爬行的脚印，就能直接找到鳖们睡觉的地方了。

丹江里，全国最出名的，要数娃娃鱼了，过去它们没有被列入保护名单，我们就将几条网兜绑在狭小一点的落差大一点的水流中央，拿着棍子从上游捅向下游，就可以把娃娃鱼赶进网里了。小时候，我是吃过树皮、草根的，但是再饥饿，从来没有想到鱼是可以吃的东西。每每捉到娃娃鱼，我们也是一样，在河边砌个水潭子，把它养在里边，它的叫声极像孩子哭似的，所以我们就学大人唱着摇篮曲"娃娃乖，娃娃长大穿花鞋"，听它哭得烦了，我们就把它们给放生了。不过听大人们说，丹江河里的鱼与鳖，是一副很灵的中药，如果谁家媳妇长久不能添丁，只要吃上一两条，对怀孕有好处，但一定得是土生土长的，如今那些家养的，是算不了数的。

在丹凤，山多名山。丹凤处于秦楚分界之处，所以山峦没有秦岭的那种凶猛，又没有楚地的那种平秀，这里的山不高不矮，不胖不瘦，不深不浅，不得不失，拿捏得颇有分寸，既能长出成片的参天古木，又能长出密密的核桃柿子，还有许多绿藤与草药。说到药材，这里可谓遍山都是，小时候我就靠着采药养大了自己，也随手采一些艾草与山楂养壮了身体。这些药中，有灵芝，有天麻，有茯苓，有五倍子，有五味子，有柴胡，有苍术，有连翘，还有满山的野菜、野果、野花，都是不错的药膳材料。野菜里有藤子叶、野葱野蒜，起码还有几十种我叫不上名字，夏天时用这些沤一缸酸菜，既可以做浆水面，也可以直接喝浆水，解馋得很；野果里，有野李子、野杏子、野栗子、八月炸、牛奶泡、又八果，药材里边的五味子，其实在秋天的时候熟透了，一串串红透了，摘下来甜甜的，好吃得不得了；野花里，大片大片的，是黄色的连翘花，一簇一簇的，是映山红，还有野杏花、野桃花、野海棠花、野百合花、金银花，秋冬的野菊花，更是黄的、红的、紫的，田间地头，河旁路边，到处都是的。冬天里丹凤好像没有野花了，不过却有漫天的雪花。不像其他地方，雪花有五个角。这里的雪花没有角，像一个个肥嘟嘟的婴儿巴掌。

所以说，丹凤是出名山的，县城的靠山就叫鸡冠山，山头白石嶙峋，山体巍峨丰满，形似雄鸡一唱，那昂头挺胸之势，绝对可以唱醒天下。整个县城就依鸡冠山而建，蜿蜒连绵，亭台楼阁，小桥流水，中间隐藏着几个水库，隐匿着远古村落，整个县城犹如一片片祥云，浮着一只凤凰似的，故而此山又名凤冠山。除鸡冠山，最有名的，就是商山，地处丹凤县商镇，如今的商洛市、商州区、商南县，名字都是起源于这座山，我还不知道在此封邑的商鞅的商，与这座山的血缘关系。据有关地方志书记载，之所以叫作商山，是因为这座山沟壑起伏，层峦叠嶂，从远处观看，形似一个"商"字，我曾多次攀爬游览过这座山，它的一点一横一竖一钩，都是那么苍劲有力，只有上天才能擎起巨椽之笔，书写出如此精美的"商"字。秦时就有四位博士（如今人称"商山四皓"）：东园公唐秉、夏黄公崔广、绮里季吴实、甪里先生周术，转遍了八百里秦川，最后选定这个既有景，又有静，既方便入世，又方便出世的商山，生时隐居于此，死时薄葬于此，是相当有道理的。如今丹凤借助自然资源优势，辅以聪慧而纯朴的民风，大力发展经济，商山的

"商"字，在历史的书法外延上，又有了更多的拓展。其实，丹凤还有许多山，竖在深涧人不知，什么牛头山、马面山、九龙山、白虎山，个个看着不打眼，但是一旦深入其中，山有奇峰，物有绝活。这样的山养育的人也是一样，看上去个个都是青蛙，但一相处人人都是遗世的王子。

在丹凤，人是亲人。人这一辈子，免不了会哭，有时候是哭自己，有时候是哭别人，还有林妹妹这些多愁善感之人，还会哭一些花花草草。如今我已近不惑，按说许多事已经看淡了，心如止水了吧。但是一碰到我的故乡，无论是人是仙，是物是畜，都会惹得我心酸落泪。不仅是实景生情，往往还在虚妄的梦里，也会哭得醒了过来。

说实话，这一辈子，我大部分泪水是为丹凤而流的。让我哭得最多的，当然是我的父亲，如今他依然留守在丹凤山区，大字不识，不会写自己的名字，不知道什么叫网络，也不知道什么是欺骗，免受了外边物欲的浸染。他的里里外外，都是没有经过机器打磨过的，只有泥巴掩埋和岁月流逝的痕迹，用古玩行业的话说，他是一个有包浆的人，自然、干净、质朴、单纯、沧桑。说实在的，他已经成了土地的一部分，一个活着的人能融入土地，这是值得尊敬的，同时也是悲剧的。他耳朵已经聋了，牙齿掉光了，眼睛老花了，按说应该已经休息了，但是他还是没黑没夜地、不离不弃地耕作在这片土地上，直到有一天他自己把自己的最后一小部分身体埋进土里。

我一直在想，父亲是一头猪，而我则是一块肉；父亲是一粒小麦，而我则是一把面粉；父亲是长江头的一颗清露，而我则是长江尾一滴浑黄的污水。这两种截然不同的生命状态，形成的落差是巨大的，每每他从山头滚下，从树上摔下，他还是说"不干活浑身就不舒服"，然后一跛一拐地继续面朝黄土。想到这些，不由得你不哭啊。

在丹凤这块土地上，值得我流泪的人有许多：有我的母亲，在人生仅剩最后一口气的时候，为了把仅有的粮食留给我，她想吃一根油条的愿望落空了；还有许多活着的熟人与生人，他们都有着秦人的大气，有着楚人的灵气，有着中原人的慧气，有着北边的忠、南边的孝、中间的仁义。再加上西边秦岭、东边武关，挡住了寒风恶雨，把这里就隔成了一个清静的世外桃源，在这里生生不息的众生，肯定是浑身上下都透着仙气的。所以这里才子英雄辈出，任何一个不起眼的村落或许没有燕子飞来，但是定有文人志士散居其中，贾平凹就是最突出的一个了。最重要的，丹凤人都不嫌弃"九山半水半分田"，把个人命运与天灾地难完完全全地牵连在了一起，这样说吧，他们每个人都是一小捧有血有肉、有情有义的泥巴。

我还要说说游子的伤痛。在崇拜物质的某些角落，人总是会受伤，有种无法躲藏的无奈。对于一个追梦的游子，你能躲到哪里去呢？

首先是身伤。去河里吧，也许水里汞超标；去空中吧，也许有沙尘暴。你夏天吃块西瓜吧，也许有膨大剂；秋天吃颗葡萄吧，也许有甜蜜素；你吃点瘦肉吧，也许有瘦肉精；就是吃个白馒头吧，也许是染色的；你有时遇到个美女吧，好多部位竟然是假的。唉，有的人，已经患上了恐惧症，硬是不敢待在有些地方。但是对于我和一些人而言，只有丹凤是真的，是没有污染的，是可以放心的，百分之百是绿色环保的，也是我们可以疗伤的地方了。

丹凤的粮食里，有大米，有玉米，有谷子，有高粱；蔬菜里边，有土豆，有红薯，有莲藕，有白菜；肉食里，有猪肉，有牛羊肉，有驴肉，现在也学会了养鱼养虾；水果方面，有桃子，有杏子，有梨子，有苹果，有柿子，有栗子，大量的就是核桃了。这些粮食果蔬，是自给自足的，不仅仅是自己种自己吃，最多也是种着给方圆几十里的乡亲吃。

他们一来没有打农药、加激素的常识，二来是为了节省，因为人和畜的屎尿一直都是他们最信任、不用花钱的肥料，三来生性善爱，从无功利与害人之心。所以，这里的庄稼，也是幸运的，是自然生长的，是无公害的。野味方面，那就多得很难数清楚了，满山遍野都是野根野枝，野叶野芽，野花野草，野天麻，野木耳，野蘑菇，野兔，野鸡，早些时候还有成群的野羊、野猪、野狼、果子狸。我小时候就采过小药（冬虫夏草），现在卖到山外的，最受城里人嘴馋的，我们叫商芝，外边叫蕨菜，在春天的房背后伸手就可以采摘的嫩芽芽。还有很多的野菜野果，我叫不上名字。这些野物，不仅没有经过工业污染与药物催化，而且晚上一身雾，早上一身露，时时沐浴清风，季季吸收暖阳，就更加营养而干净了。在我们村里，如今百岁、八九十岁的老人有好几个，其中不乏腿脚利落、满嘴牙齿、头发乌黑者，关键是一辈子从来没有抓过药打过针，怕都是吃了这山中干净的东西吧。如果你是丹凤人，那你真是幸运得很，你可以放心地回家吃喝玩乐了。

还有心伤。像我这样的游子，在外边打拼奔波，那种压力是别人很难知道的，心里不乏伤痕。偶尔遭到歧视，说你是乡巴佬，偶尔又遭到排挤，在人家地盘上打天下，总免不了忍着让着。关键是在大都市里，人人都忙着挣钱，蜜蜂忙着四季不停地采蜜，草莓不管寒热地生长，你很难找一个人来谈谈心灵，很难找到一只虫子来寄托情感。

在丹凤，你可以随处看到青松翠柏，你说这是栋梁；你可以随处折到菊花，你说这是傲骨；你可以随时听到蛙鸣与蝉声，你说这是天籁。但是在外面呢？青松没有，菊花难寻，青蛙不见踪影，蝉鸣一片沙哑。满目看到的，满心感到的，都是那么生疏与别扭。还有一点，你无论躲在什么地方，人家一个电话就能把你揪出来了，一个短信或者微博就能通报消息了，让你一刻也无法从这个世界上消失，那种凄凄切切的等待之美已经绝迹了。但是在丹凤就不一样，我一旦回到村里，就像回到了天堂，你再也没有办法找到我，因为我们村里至今还没有通电话，也没有手机信号，我可以心安理得地逃出尘世之外，生活在世外桃源之内。

所以，无论路途多么远，无论成本多么高，我们总会经常回家看看，说是探亲，实则是疗伤去了。虽然是在过年过节的时候回去一次，但是大多数时间能在心里想一想，能在晚上做个梦，仍然感觉是天下最幸福的人。

如果让我现在选择，一年三百六十五天，一辈子，三百年，我都愿意住在丹凤这块土地上。我在一首诗中留下过遗言，在死后一定要回归故里，不至于在丹凤建一个灵魂墓，在异地他乡建一个肉体墓，让一个卑微的游子撑起两个碑这是无比沉重的。

丹凤，总有一天，我回来后就不再离开了。

2

丹凤位于秦岭南麓，县城北边有一座山，它有两个名字，别人喜欢叫凤冠山，我则一直乐于叫鸡冠山。

因为我从来没有见到过凤凰，不明白这凤凰到底为何物，长得像什么样子。倒是鸡，我不仅养过多年鸡，反被鸡养过几年。觉得鸡这小畜生，比起猪呀狗呀，优点真是多多了。一是勤快，瓜架下，田地边，一天到晚四处寻食。二是不挑食，见啥吃啥，苞谷麦子它吃，菜叶草籽它吃，虫子腐物它吃，万一啥都没有，石子它也吞咽得不亦乐乎。三是它长得快，通常二十一天就出壳了，三个多月就成熟了，公鸡开始打鸣，母鸡开始下蛋，有的母鸡一年能下三百个蛋。四是比较低调务实，它长个鸟样子，有一对大翅膀，但它不像麻雀、鸽子、乌鸦之类的，有事没事就飞起来，跑到天上转一圈。天上又没有吃的，也没有它们的巢穴，除了显摆自己能上天之外，还有什么意义呢？

讲了这么多鸡的好处，想说明鸡冠山的好处。鸡冠山之所以以鸡身上最漂亮的部位命名，因为鸡冠山的山顶，怪石嶙峋，褶皱百结，尤其是旭日东升，或者夕阳西下，被火红的阳光一点染，无论从颜色，还是从线条和外形，远远地去看，活脱脱都是一只充血的鸡冠。养过鸡的人都知道，公鸡与母鸡在鸡雏的时候就可以区别开来，区别方式凭的就是鸡冠。鸡冠大的，明显的，颜色深的，就是公鸡；鸡冠小的，不明显的，颜色嫩的，就是母鸡。小时候家里养鸡，其实并不是养鸡，并没有粮食喂它们，反而是鸡在养我们，靠着几只老母鸡没日没夜地操心，下蛋，换家里的油盐。所以养鸡，大家喜欢养母鸡，抓鸡娃子的时候，专挑那些没有鸡冠的小鸡雏。但是有一点不要误会，母鸡并不是没有冠子，只是比公鸡长得晚一点，长得小一点，颜色浅一点。

如果硬要让我给鸡冠山定个性别的话，我觉得它应该是一只老母鸡。

原因之一是颜色。一早一晚从远处看鸡冠山，虽然也是充了血的，但是充血不够明显，而且大部分时间，它不是红色的，也不是白色的，而是惨淡的——老母鸡的冠子就是惨淡的。我分析原因，恐怕是由石头的质地和植被造成的。登过鸡冠山的人都明白，山中的石头质地比较差，属于碎石和乱石，可以说是风化石，也没有一块石头有奇特的造型，无法拿出来打磨一下，当成一件艺术品摆着。从远处看，山顶是光的，像鸡冠子，是不长毛的，其实石头缝里不但长着茅草，还长着密密麻麻的野枣树。这两者加在一起，山顶不容易反光，或者说反光不够。本来阳光是灿烂的，被并不光滑的山顶反射之后，就变成惨淡的了。

原因之二是样子。如果远远地看，尤其是从城南朝北看，山腰是时疏时密、上下错落的树林子，酷似鸡身上蓬松的羽毛，穿插其中的一块块庄稼地，春天是油菜，夏天是麦子，秋天是玉米，冬天是雪花，随着四季红黄白绿地变幻着，像是扑棱棱的翅膀。县城是依山而建的，整体来看是一个椭圆形的鸡窝：城内有南凤街、新凤街、凤鸣街，与紫阳宫路、机耕路、车站路纵横交错，这些老街并非徒有虚名，它们是铺了青石板的，被磨得油光滑亮，坐在街边打牌、喝酒，风吹过的时候有如凤鸣，尤其夜宿此处静听街风，宛如和美的箫声——相传舜作《箫韵》曲的时候，凤凰都被招来了，说明凤鸣与箫声同源；丹凤在古代是"北通秦晋，南结吴楚"的交通要冲，上行翻过"远别秦城万里游"的秦岭可进入长安，下行越过"关门不锁寒溪水"的武关可直达武汉，城外便留下了马帮会馆、船帮会馆、水旱码头、龙驹古寨，近些年又建了滨江公园等景色，这些人文古迹与现代园林相互串缀，把这个鸡窝编制得十分漂亮。加上城外的万亩良田，尤其夏季麦子熟了的时候，鸡窝里更像是铺了金黄色的麦草。

一座山，一座城，新凤古韵，加在一起，不像一只鸡伏在鸡窝里像什么呢？公鸡是不会抱窝的，只有母鸡才会抱窝。抱窝有两种可能，一种是正在下蛋，一种是正在孵化。到底是何种情况呢？给我的感觉两种可能都有。如果是夏天或者秋天，它更像是在下蛋，那涌动的人流，那繁华的市井，是鸡蛋落地之后的满足和喜悦，甚至真能听到咯咯哒、咯咯哒的声音；如果是冬天或者是春天，它更像是在孵化，那围炉小饮，那其乐融融，必定是小鸡破壳而出之后，老母鸡张开自己的翅膀，把一群小家伙拢入自己怀里，享受着闲适生活的安静和温暖。

尤为美妙的，是这个鸡窝，放在了一条江边，无论是下蛋还是孵化，都有无尽的景色可以欣赏。这便是丹江，从城南偏南的地方，由西向东穿过，江水清澈，不深不浅，不宽不窄，不疾不徐，不动不静，不冷不热，曲曲弯弯，若隐若现。丹江恐怕是过于干净的吧，山与城的倒影自不必说，而且能看到自己的影子，还照得见阳光的影子。按说水是没有影子的，阳光也是没有影子的，但是在这丹江里，水便有了影子，有了影子的水像佳酿一样醇厚；阳光便有了影子，有了影子的阳光像玉液一样透彻。丹江里的鱼儿，我叫不上来名字，有人介绍说，鲌鱼、鳡鱼、鲤鱼、娃娃鱼，种类繁多而稀罕。这鱼儿在水中游来游去，是最应该有影子的了，偏偏身子与影子全不见了。明明有成群结队的鱼儿在面前，却是无论如何也辨别不出来的，以为是水或者是水中的一丝儿波浪。如果把脚或者手伸进水中，它们便过来吻你，也可能是咬你。有一些调皮的，偶尔跃出水面。只有这样，你才会发现它们是存在的。

　　我曾经在丹凤县城待过几年，结交了三个要好的文朋诗友，一个姓张，一个姓秦，一个姓王，常到丹江里钓鱼。我们钓鱼，不像其他人用倒钩，也不像姜子牙用直钩，我们什么钩都不用，只需要带一根绳子，从丹江边折一根柳枝，从河滩上剜几只蚯蚓。把绳子系在柳枝上，把蚯蚓绑在绳子上，然后把绳子垂入水中。我们几个人，从中午一直钓到傍晚，不仅仅晴天钓鱼，下雨天也会打着伞钓鱼。我们之所以如此钓鱼，有两个考虑：一是我们不想伤害鱼，反正我们钓出来的鱼，不会带回去烧菜熬汤。大家都知道这鱼烧菜熬汤，肯定是鲜美无比的，是大补之物。我们一旦钓到鱼，无论大小胖瘦，都会扒个沙窝窝养着，临走时统统是要放回江里的，我们只是享受一下钓鱼的那个过程；二是钓鱼不是为了钓鱼，而是为了谈古论今，我们四个都喜欢写诗，老张还喜欢写散文，我除诗之外兼写小说。大家来钓鱼的时候，带着各自新写的东西，或者徐志摩的诗集、张爱玲的文章，一边垂钓一边交流切磋。谈到妙处，彼此击掌言欢，谈得不投机，彼此指着鼻子骂。老张性子直，老王脾气暴，两个人有时候，一个会梗着脖子，一个会卷起袖子，一副要斗鸡的样子。老秦憨厚温和，每到关键的时候，往两个人中间一站，左盯盯老张嘿嘿一笑，右盯盯老王嘿嘿一笑。我准备看热闹呢，面对老秦这个傻汉子，我们三个只有哈哈大笑的份儿了。

　　或许是这种情绪感染了江里的鱼，即使我们不想钓它们，它们也糊里糊涂上了钩，拖着我们的钓竿在水中跑，似乎提醒我们说，快点把我拉出去。把它们拖出水一看，不明白它们太傻呢，还是太贪，吃完了绑在上边的蚯蚓，把绳子深深地吞进了肚子，算是一种自缚吧。

　　我在丹凤县城的那几年，业余时间一部分消耗在丹江里，一部分消耗在鸡窝一样的县城里，大部分还是与这帮文朋诗友一起消耗在了鸡冠山上。

　　一是摘果子。鸡冠山上果子最多的是秋季，主要是野枣子，可以说是满山都是，长在石头缝里，白哇哇的一片，有些长得好的，个头有指头蛋子大小，经过霜打之后，由青色变成了白色，吃起来肉多而甜。这些野枣子不能摘得太早，太早了没有熟透，咬不动，没有一点味；也不能太晚，太晚了虽然变红了，实际上成了空皮，干巴巴的，没有什么吃头。如果是秋天，我们四个好友，无论因什么上山，就边摘边爬，边摘边吃，吃不下了，不用带回家。带回家味道就不同了，事实是味道还是一样的，人要的就是一个采摘的过程。有了这个过程，心情就变了，爬起山来感觉很快，一点都不觉得累。野枣子再怎么吃，无论如何是吃不完的，老王喜欢摘下来玩弹弓，老秦则喜欢埋在地下，照着他的说法是养蚂蚁，过一段时间果然会生出一窝蚂蚁。

　　二是打兔子。鸡冠山上兔子尤其多，恐怕是这里风水好。动物也是讲风水的，鸟择良树而栖，就是这个意思。讲风水，主要有这么几方面：一是比较向阳，兔子生性活泼好动，天寒地冻的时候，没事喜欢出来晒太阳，而且向阳的地方，冬天仍有青草，主要是麦苗子。冬天雪下得再大，麦苗子也会长得绿油油的，不像阴坡，麦苗子都会被冻死的。二是幽静而不偏僻，兔子怕寂寞又胆小，太偏僻的地方它受不了，人太多的地方它又提心吊胆。鸡冠山下就是热闹的县城，鸡冠山上并无一户人家，只有零零星星的爬山之人经过，正好不闹不静，不疾不徐，它可以趁机与人捉捉迷藏。有一阵子，我们喜欢上山打兔子，与其说是打兔子，不如说是和兔子玩游戏。我告诉大家，我上辈子是兔子，所以我是懂兔语的。我把耳朵埋在地下，可以准确判断周围什么地方有兔子，它们在说些什么。有一次，我说，两百米外肯定有兔子，而且是两只，一只说，今天天气不错，另一只说，可惜马上要变天了。他们说你就吹吧，非得和我打赌，赌晚上回县城的两壶苞谷酒。循着我指的方向走了一百多米，果然看到两只兔子在麦地里追逐，傍晚的时候果真飘起了雪花。他们不服，那一年冬天，几乎大多数周末，我们都泡在鸡冠山上，按照我的指引打兔子。其实，多数时候我连人话都听不懂，哪懂什么兔语，不过我也不是瞎闹的。古话说，人过留名，雁过留声，别说是一只兔子，一只蚂蚁从世界上经过，都会留下蛛丝马迹的。兔子冬天的盛宴，只有一道主菜，就是麦苗子。太阳出来后，它们一家三口，或者是夫妻双双，肯定会晒着太阳赴宴。如果麦苗子的茬口是新鲜的，说明刚刚被兔子啃过，它们还没有走远，顶多也就一两百米而已。

　　三是去山上下棋。文朋诗友之间喜欢下棋论道是不足为奇的，可是我们四个人之中，偏偏有一个怪人老张。老张不喜欢在家里下棋，也不喜欢在城里下棋，原因是他在家里或者是在城里，无论与谁做对手是必输无疑的。按照他的意思这家里与县城地方太小，都不是骑马放炮的地方，似乎真与上疆场一样。我分析原因，是每次下棋的时候，如果有观棋者嘀咕一句，尤其他老婆在耳边说句话，哪怕与棋局无关的话，他立马就慌了神。每次有人要下棋，他就拿一件衣服把象棋一卷，挎在肩膀上说，走，上鸡冠山。

　　鸡冠山上有几个石窟，都在悬崖峭壁上，确实是爬进去下棋的好地方。老张说来也真奇怪，一到这里下棋，他便杀气腾腾。每每逢到危急之时，他就会放下棋子，站起身，茫然地俯视着山下，像一个王在思考他的江山社稷和前途命运。等他再回到棋局中，必定是峰回路转。所以他总是赢多输少，其他三个人轮流着上场，与他大战九九八十一个回合，基本是中午上山，会一直杀到天黑。遇到十五月圆之夜，还会趁着月光继续战斗。有一次天下大雪，在石窟里也避不住了，大家还是冒着大雪，下到了傍晚时分。等收了棋盘，头顶已经积了一层雪，下山的路也被大雪给封住了。

　　无论是上山摘果子、打兔子和下棋，都和去丹江钓鱼一样，总是志趣相投的这么四个人。恐怕正是这样的环境，不几年的工夫，各自赢得了自己的江湖。凭着这些，老张很快离开了丹凤，进入西安一家杂志社当了编辑，老王从丹凤调到了商州，在一家史志办上班。我年纪最小，负担最轻，则走得最远，一口气跑到了一千三百公里外的上海。从此天各一方，十八年间与老张见过两面，都是在西安城里，每次就两个小时，吃一顿饭，喝几杯酒，又得各奔东西。十八年间与老王和老秦连一面都没有见过。按说我每年会回丹凤一次，但仅仅是路过县城，唯一能做的就是坐在车上，无奈地望几眼鸡冠山而已。

　　只有老秦一直没有离开丹凤县城。他先在学校教书，后来在教育局机关上班，每每怀念起当年，我都要打电话给他，问他还上不上鸡冠山，还下不下丹江？每次他的说法都是一样，鸡冠山建了亭子，铺了几条小径，开了一些石窟，按说更漂亮了，丹江上建了大桥，两边种植了绿化，有了泛舟漂流项目，按说更有意思了，但是如今没有那个心情了。问起原因，他说，你们都走了，玩不起来了。言下之意，无论是鸡冠山还是丹江，都是因人而生的。

我是这样理解的，丹凤城北的这座山因其形而得名，它看似还在，气息已经变了。像有一只鸡，无论公母，养鸡人已去，公鸡打鸣也罢，母鸡下蛋也罢，都是毫无轻重的。就是说，如今的鸡冠山早已不是当初的鸡冠山了，那叫它什么名字才是合适的呢？想一想，我还是叫它凤冠山吧。

《庄子·秋水》中说："南方有鸟，其名为鹓鶵，子知之乎？"鹓鶵亦即凤凰之属，和凤凰是无异的。经过研究和田野考古发现，凤凰其实并不存在。

凤凰它只是一个传说而已，凤冠山何尝不是一个传说呢？

丽　　江

1

接到去丽江的消息的时候，我正在医院里等待着"死刑"的判决。前些天，身体非常不适，嗝气，拉稀，胃胀，偶然还有一些腹痛，就跑到医院做了检查。原来一直联系的专家不在，就挂了一个普通门诊医生。她很美，很年轻，看到我的彩超，说是非常不乐观，建议预约核磁共振，进行进一步确诊。

我看她的眼神和听她的言下之意，预感情况非常不妙，似乎是癌症什么的。从医院回到家，以网上搜索到的信息判断，如果被确诊的话，最多再活三五年。等待着核磁共振的那几天，可以用"绝望"来形容心情。每个黑乎乎的晚上我躺在床上，瞪着天花板发呆，伤心，流泪，反思自己的一生，心想如果不离开小县城，来大城市闯荡，或者只是写写诗，不写小说的话，也许不会把一条命搭进去了。再仔细一想，我之所以害怕恐惧，倒不是放不下自己，而是放不下儿子和爱人，儿子那么小，七岁多，没有父亲应该怎么办？爱人嫁给自己还没有过上一天好日子。我曾经安慰过患有不治之症的朋友，人人都会死，所以看淡一点，利用最后时光，背着包，去旅游，把那些向往的地方都走一遍，也算是死而无憾了。但是真正大难临头，才发现那只是不切实际的想法，一个被判了死刑的人，对吃，对旅游，对爱情，对人世间的一切，顿时就失去了兴趣。所以，接到去丽江采风的邀请函，我开始是一点情绪都没有，直到几个小时以后，胶片和初步诊断出来了，最坏的情况被排除了，我才算一下子活过来了。我高兴地大吼大叫，然后迅速回复了邀请：我愿意！像结婚时对着牧师的回答。

我真正喜欢丽江，是从飞机快要落地的那一刻开始的。从飞机舷窗望出去，大地似乎被染了颜色，或者铺就了一层赭红色的地毯。等真正地走出机场，才发现那是本来的颜色，泥土似乎被一场大火烧红，火焰还没有熄灭，炽热的温度还没有冷却。机场高速两边的红土地里，青草并没有完全返绿，却开出了一树树的花。我开始怀疑会不会是假花，这种怀疑也是由颜色引起的。能有什么花开得如此红艳呢？比桃花红，比木棉花红，比玫瑰花红，用火焰来形容一点也不过分。我仔细一问，司机告诉我，那是樱花。上海是有樱花的，我在日本和韩国也看到过樱花，多数都是粉嘟嘟的，带着许多胭脂味，而丽江的樱花却如此之红，红得有些不可思议，红得超出人世间的许多颜料。如果用性别来定位，我以前看到的樱花都是雌性的，这里的樱花是中性的，甚至是雄性的，有一股子男人的激情、大度和火热。原以为只有变异的几棵，但是到了酒店才发现，大门前，院子里，墙角，街道两边，有许多高大的樱花树，而且樱花开得格外的耀眼，把天空都烧得红艳艳的，不注意去辨别的话，还以为空气中掺杂着淡淡的釉彩呢。我站在樱花树下，终于明白了，枝桠是红色的，花瓣是红色的，再一低头，发现根是红色的，根下边的泥土是红色的。原来，这些红都不是凭空而来的，不是染出来的，是土地燃烧出来的，是从土地里蓬勃生长出来的，是无法脱离土地而单独存在的。可谓一方水土养一方人，也自然养出了一树树红红的樱花。

　　我们入住的是一家别墅型的酒店，也许因为其名字中有一个"别"字，让人感觉格外的亲切。我刚刚出了一本《上海别录》，也有一个"别"字。别名，别称，分门别类，是旁边的意思，也是特别的意思，更是别有洞天的意思。院子里有几个池塘，池塘里种着荷花，此时荷花还没有开放，只有几片荷叶浮在水面，池塘中间是几条九曲回环的石板小路，铺着的石头五颜六色，都隐隐地透出了玉的质地，也许那本身就是玉吧，走在上边发出的脚步声，也显得温润了不少。

　　我是第一个到达的，因而住着第一号房间，这是一个单门独户的小院，院墙也是由石头垒起来的，这些奇形怪状的石头每一块都充满着诱惑。我是一个喜欢生活在石头里的人，真想把它们抠出来，仔细地把玩一番，然后挑几块带走。院门是木板的，阳光打在上边，斑驳得像一幅岁月久远的壁画。门齐胸那么高，没有安锁，只有一个门闩，此时正虚掩着，轻轻一推就开了，并且发出吱咛的声音。几十年前生活在农村，家家都是这种木板门，出门进门，都能听到这种声音，随着这种吱咛声，总会响起"我回来啦"，或者"你回来啦"的问候。但是进城以后，我再也没看到过木门了，更别说听到这样的吱咛声了。我生活的地方的门几乎都是铁的，都是上着锁的，在那一关一开之间，只有钥匙转动的咔嚓声，只有冰冷的哐当声。这是一座两层的小楼，一楼是客厅，二楼是卧室，墙上挂着许多画，有些是风景，有些是告示，不过都不是中文，而是神秘的图案。尤其是浴房中间，摆了一个白色浴缸，造型优美而高雅，墙上挂着的那一幅"书法"，每一个字都像一幅画，我问过当地的朋友，他们告诉我，这是纳西族文字。他们的文字是象形的，看上去如画一样美。

　　最令人心动的，是无论从客厅还是从卧室看出去，窗外都是红艳艳的樱花，随着风轻轻一吹，如雾如烟一般涌动着，再越过树梢望过去，竟然就是玉龙雪山，积着皑皑白雪的山顶，远远望去像戴着皇冠一般。入住这样的地方，无论坐在房里眺望，坐在院子里喝茶，还是下楼走动一下，一草一木都是那么静，静得连一声鸟鸣、一只虫吟都没有，静得可以听到空气流动的丝丝声，静得看到一朵花瓣飘落的时候都有些惊心动魄。关键是没有叫卖声，没有匆匆的脚步声，没有汽车的轰鸣声。这不就是世外桃源吗？有朋友问我丽江怎么样的时候，我由衷地告诉他们，那颗躁动的心随之也静了下来，静得可以听到自己的呼吸声和心脏均匀的跳动声。

吃过晚饭后，大家相约着去古城，说没有去古城算不得到过丽江，等着打车赶到的时候，已经是夜色初起、游人如织了。不过，我还是挺失落的，只因当时到处都是人，尤其酒吧一条街，充斥着的商业气息、嚎叫声和吵闹声让我看了、听了有些烦躁起来。于是，我独自一人默默地离开了，打车回到了酒店，在樱花树下流连，在荷塘边徘徊，在落地窗前矗立远望，仔细地享受着只有神仙才有的清静。

2

上海的路名多数是以全国各地地名取的。云南路在黄浦区，是小吃一条街，丽江路在闵行区，直插黄浦江北岸。刚刚查了一下地图，永胜路也是有的，不过非常偏僻，非常狭窄，也非常短，几百米长吧。所以，我是第一次听说永胜县这个地方。从丽江前往永胜县的汽车上，我是不以为意的，但是走了一个小时左右，我被窗外的景色震住了。山本来就不大，却有一半被淹在水下，就显得更加矮小了，因而公路差不多是从山顶通过的，蜿蜒崎岖得像舞起来的一条飘带。山与山之间并不宽阔，像一个不规则的浴盆，里边注满了水，那水是浅蓝色的，蓝得十分纯粹，蓝到了树林深处，蓝到了人的心里，阳光洒在微波荡漾的水面上，被微风轻轻一吹，像在抛撒着无数的金币。

我问，那是水库吗？朋友说，这啊，叫程海。我以为叫陈海，和我是同姓的，所以就特别的得意。但是，很快就被朋友纠正了，人家姓程，和我这个姓陈的并非一家。我抚摸过许多海，东海，南海，渤海，黄海，波罗的海，加勒比海，基本上都处在低处，是河流们的归处，是世界的尽头。但是永胜县的程海，却被众山托举到了高处，托举到了半山腰，似乎要托举到天上去，要和天空比个高低似的。朋友进一步介绍，程海的水面海拔 1500 米。我忽然想到自己在上海爬过一座山，它是上海唯一的山，也是最高的山，海拔不过 99 米而已。我说，这也太牛了吧？朋友却很认真地说，它叫海，却不是海，而是一个湖泊而已。我问为什么？他说，因为太小了。我看了看沿着公路向前延绵不绝的湖水，有些怀疑地问，感觉不小啊。朋友说，南北长只有 25 公里，东西最大宽度 5 公里，平均水深 25 米，总面积不到 80 平方公里，所以根本没有资格叫海，在古代只能叫程河，是四周的泉水汇聚而成的，再向下游流去就汇入了金沙江。我在心里想象了一下，突然感觉到朋友所谓的"小"，原来竟然是这么的大。他似乎并不是谦虚，相对于绵绵不尽的群山，相对于这片广阔的红土地而言，这确实是小了点，但是它在我的心头，真是够大的了，不仅一眼望不到头，也是看不到底的。

我过去见识的那些海，确实无边无际，然而水上的船，岸边的树，上边飞翔而过的鸟，是映照不出倒影的。但是再看看程海，它的心胸里还折叠着另一个世界，树在水中摇晃着，鸟在水中飞舞着，白云在水中漂浮着，阳光在水中搅拌着。一草一木只要靠近它，甚至连清新的空气和雾岚，都能从水中找到另一个自己。而且，它不把自己设为终点，让每一条投奔自己而来的涓涓溪流，在自己的怀抱里稍微休息一下，继续向着外边的世界流淌着，流出了亘古不变和源远流长。

在我的心目中，这才是真正的海，这颜色才是海的颜色，这境界才是海应该具备的境界。我返回上海的时候，非常得意地告诉家人，我在云南丽江的永胜县看到了真正的海，它的名字叫程海，是能够自然生长螺旋藻的海。家人笑着说，你说错了吧？它不过是个湖泊而已。我拿出当地的特色食品，是用螺旋藻加工的，让他们尝了尝。我不知道真正的海应该有什么标准，只是希望他们从中尝出那浅蓝色的味道。

3

告诉我们程海很小的人是杨某某，大家正在犹疑之间，他对自己的名字又做了进一步注释，他说自己在百度查了一下，和他同名同姓的人实在太多了，其中有一个河南作家是最大的人物，而自己是一个最小的人物。小小说作家杨某某，我是非常熟悉的，二十五六年前就知道了，而且在西安匆匆地见过一面。他当时是《小小说选刊》和《百花园》的主编，是小小说创作最早的推动者之一，许许多多著名的小小说作家，都是经由他们培养起来的。我的第一篇小说，就是小小说，题目叫《老猎人》，大意是有一个猎人，他从来没有打死过一只猎物，他老婆很生气，说打不到猎物那就别回家了。他一个人住在山里，但是仍然打不到猎物，不是枪法不好，而是每次看到猎物都不忍心下手，就朝着天上的白云打一枪。后来，他老了，想家了，于是狠狠心，准备打一只猎物回家，万万没有想到，他闭着眼睛朝着猎物开了一枪，应声倒下的，竟然是前来喊他回家的儿子……正因为被作家杨某某他们转载以后，受到了比较高的关注，也为我后来的小说创作埋下了种子。

作家杨某某在文学界，尤其小小说界威望极高，而且身材高大魁梧，我仔细地打量了一下永胜县的这个杨某某，他个子不高，有些瘦弱，裤腰上挂着一串钥匙，走路的时候摇摇晃晃，发出一阵轻微的碰撞声，这不就是司空见惯的农民形象吗？所以，我暂时也就相信了他的话，他对作家杨某某的敬仰之情，不太像是开玩笑的样子。不过，很快，我就发现上当了，真是人不可貌相，杨某某竟然是永胜县的父母官。他说起永胜这片土地，说起这片土地上的老百姓，说起自己的同事们，他的眼睛里总是充满了清纯的光。

在永胜县，我们有一个意外发现，毛泽东同志的先祖是从陕西渭南市华州区一直迁徙下来的，而我的老家与华州区仅仅隔着一座秦岭而已。

永胜县被金沙江自北向西再向南环绕着，是古丝绸之路的交通要道和茶马古道的重要驿站，据《史记·西南夷列传》记载，先秦时期开始，云南便首开戍边屯垦先河，也就是移民大开发，而到了两汉前后，从游牧发展为农耕，尤其明朝洪武年间实施"寓兵于农，屯民实边"政策，调派大量军户、民户进入永胜，开荒种地，戍卫边疆，开创了永胜农耕文明史的新纪元，形成了各民族相互交融的屯边文化。2011年12月26日，在毛泽东主席诞辰日，位于永胜县毛家湾村的云南边屯文化博物馆开馆，当地的朋友介绍起来很自豪，因为这是永胜县第一个AAA级旅游景点。博物馆设有序厅、边屯云南、云南明清历史文化名人、永胜非遗记忆、翰墨丹青话边屯、北胜州与澜沧卫、沧阳春秋等七个部分。其中，最吸引我停足注目的一张展板，上边列明了从西汉至清代的云南人口变化：西汉元始二年（2年）929132人，东汉永和五年（140年）2395334人，晋太康元年（280年）510360人，南朝宋大明八年

（464 年）35827 人，隋大业五年（609 年）75006 人，唐天宝十四年（755 年）167837 人，南宋嘉定十六年（1223 年）268607 人，元至元十三年（1276 年）5740020 人，明天启五年（1625 年）1468465 人，清光绪二十八年（1902 年）12720000 人……我又查阅了相关资料，西汉元始二年（2 年），全国人口达到近 6000 万，云南占到了近 93 万，而到了东汉永和五年（140 年），全国人口虽然下降到近 5000 万，而云南人口一下子上涨到了近 240 万，人丁的兴旺从某种角度可以发现，当时屯垦戍边的兴盛发达。

随后的人口数量增增减减，多数都与战乱有关，从一个侧面看出了每朝每代的和平安宁程度。1953 年第一次全国人口普查，全国总人口达到 6 亿，云南省人口 1750 万；1982 年第三次全国人口普查，全国总人口接近 10 亿，云南人口为 3250 万；第六次全国人口普查，全国人口达到 13.39 亿人，云南省人口达到 4600 万；第七次全国人口普查数据还未公布时，专家预计全国人口将超过 14 亿，预计云南省人口将超过 4900 万。看看这些数据，再结合经济和社会发展数据，我们就会发现，随着中华人民共和国的成立，改革开放的推进，新时代中国特色社会主义的到来，云南省人口一直处于稳步上升，体现了各民族百姓在党的领导下，生活稳定，安居乐业，生命得到足够重视，真正从站起来、富起来到强起来的巨大飞跃。

走出云南边屯文化博物馆，我不停地琢磨，为什么博物馆把地址选在永胜县的毛家湾村呢？在接下来的游览中很快就得到了解答。原来，边屯文化博物馆只是这个旅游景点的一部分，加上毛泽东祖先纪念园和毛氏宗祠，共同组成了边屯文化博览园。在毛泽东祖先纪念园里，系统地展示了毛泽东主席的第二十代先祖毛太华及其后裔，500 多年来创立的毛氏文化。据相关资料介绍，毛太华在元末明初时期，为避乱而从江西吉水县迁至如今的永胜县。因为是逃难中，没有确定的目标，走到哪里算哪里，明朝初期才到达永胜县，因为当地海拔较高，加上当地世居的是彝、傈僳、白、纳西、普米、傣和苗等民族，社会相对安定，所以毛太华等人就此停了下来。毛太华开始靠帮工度日，由于特别能吃苦耐劳，又掌握了先进的农耕技术，深受当地原住民的赏识和好评，日子过得很安稳。洪武十五年（1382年），明军平定云南，为巩固领地，确保一方稳定，就地招募了一批军士扩充队伍，毛太华应招从军，开始了农耕、练兵、作战的屯戍生涯。这期间，毛太华娶当地王氏夷女为妻，安家落户，并提升为百户长，居住地也命名为"毛家湾"。后来，毛太华因为参加了规模空前、声势浩大的筑城工程，并立下军功，受到嘉奖，赐封为"武德将军"。

毛太华在永胜毛家湾生活了三十多年，又因为各种各样的原因，随同湖南人迁到了湖南湘乡县，十余年后，毛太华去世，其长子毛清一和四子毛清四再迁到湘潭定居，这便是后来扬名天下的韶山冲了。毛氏宗族在山清水秀的韶山繁衍下来，传到第二十代孙，便出了伟人毛泽东。毛太华的次子毛清二和三子毛清三，当年则留在永胜县继承军户，便一直延绵嗣续至今。在《毛氏族谱》中，毛太华被韶山毛氏奉为始祖，韶山毛氏与永胜毛氏实为一脉，所以，永胜毛泽东祖先纪念园前矗立着的一座毛泽东铜像，便是从韶山毛泽东纪念馆请回来的。

在纪念园参观时，有一张"毛泽东世家迁徙路线图"，详细标明了毛泽东世家的来龙去脉。矗立在地图前，我这个陕西人显得比任何人都要激动，因为顺着毛太华再向前追溯，他的血脉源头竟然在陕西华县。华县隶属于渭南市，2015年改为了华州区，离西岳华山不到三十公里，北临渭河与大荔县相望，西北不到一百公里是富平县，南依秦岭与洛南县交界。洛南县和我老家丹凤县同属商洛市，也就是说，我的老家与毛泽东的先祖，只隔着一座秦岭而已，车程也不过两个半小时，许多生活习性和风俗民情都是相同的。回头想一想，这一发现也不足为奇了，因为陕西是中华民族与华夏文明的重要发源地之一。

我们的最后一个景点，由毛太华后人带领着参观了毛氏宗祠。永胜毛氏宗祠和韶山毛氏宗祠一样，大门两边挂着一副对联，上联为"注经世业"，下联为"捧檄家声"。根据相关资料，上下联分别出自一个典故，上联说的是汉代大儒毛亨、毛苌曾经为《诗经》作注，下联说的是，东汉人毛义，大家都知道他是孝子，有一次张奉去拜访他，刚好上边的任命文书到了，要毛义去任守令。毛义拿到"檄"，表现出高兴的样子，张奉因此看不起他。后来毛义母亲去世，毛义不再出去做官，张奉感叹自己知他不深，他不过是为了母亲才出仕为官的。联系典故，上下联可以理解为，毛氏要把诗书作为传世家业，以奉孝出仕彰显家族声望来光宗耀祖。这么一解释，毛泽东不仅是伟大的思想家、革命家、政治家和军事家，而且还是一位伟大的诗人与词人，独领风骚国内外，也就更不足为奇了。

毛氏宗祠的香堂上挂着一副匾额，"敦本堂"三个金色大字，更是令人深感震撼。"敦"字可以解释为"敦厚，厚道"；"本"字可以解释为"根本，根源，始终"。"敦本"结合起来，这里的大意应该是，以厚道为传家立世之根本，这也许就是毛太华毛氏一族能够在二十代后出现伟人毛泽东的又一个原因吧？

4

我们在丽江的最后一站是去玉龙纳西族自治县，参观了红军长征过丽江纪念馆。纪念馆建在半山坡，四周是古香古色的村落，房子都是红泥黛瓦，因为正是早饭时间，屋顶还冒着袅袅的炊烟，春天的阳光十分温暖，稠稠地照耀着，院子外边的篱笆上正开着黄色的野花，有一群鸡在快乐地觅食，显得无比的安静而祥和。纪念馆前的广场上，矗立着一尊名曰"金沙水暖"的铜像，反映了红军与群众依依惜别时的情景。大家一时兴起，纷纷模仿着雕塑的姿势拍照留念。站在雕塑下，向山坡下望去，透过青青的杨柳，可以看到一条宽阔而纯净的河流，呈"之"字形流过，这就是有名的金沙江，被誉为长江第一湾。

　　我被深深打动的是一张照片，照片里是一座墓碑，墓碑中间刻着一行字——无名红军战士永垂不朽。据解说员介绍，这是一座无名战士的坟墓，位于太安乡红麦村。1936 年 4 月，贺龙和萧克两位将军率领红二、六军团，从大理前往丽江石鼓镇，准备东渡金沙江。红军途经红麦村的时候，当地两个纳西族姑娘和世根、和继妹，发现一位战士因为身负重伤掉了队，便把他隐蔽在山上，村里十几户人家轮流着给他送饭、疗伤，但是终究因为缺医少药，这个战士伤势太重，还是没救过来。乡亲们在山头安葬了他，但是因不懂汉语，不知道战士的名字，只能叫"无名红军墓"。如今的无名红军墓，是后来重新修建的，不仅有了大理石墓碑，坟头上还栽植了四季长青的松树。

　　看到"红麦"两个字，我的心里为之一颤。我曾经在农村生活过，种过多年的麦子，也收割过多年的麦子，每到夏天麦子成熟的时候，看到一片金黄色的麦地，尤其是穿过一片金黄色的麦地，吹麦笛，吃麦颗，扎草帽，打完麦子以后，在麦秸垛里捉迷藏，像沐浴着阳光一样明媚而欢快。但是，我所见过的麦子一定是金黄色的，如果遇到暴雨和狂风，倒伏的麦子还会腐烂发霉。而如今，在丽江这块土地上，却出现了"红麦"，难道这里的麦子，受到红土地的影响，也变成红色的了吗？解说员解释，红麦村当时并不叫红麦村，而叫螳螂坝，因为红军经过的时候，正是麦子成熟的时节，已经壮浆的麦粒饱满而深红，像一滴滴战士流下的鲜血凝结而成。这名无名的红军战士墓就静静地躺在山上，四周是绿了又红、红了又绿的麦地，村民们就干脆把螳螂坝改成了红麦村。原来，红麦的"红"字是双关语，既表明此地的麦子确实是红色的，也表示我们的幸福生活是由革命先烈用鲜血染红的。

听完故事，我的心血澎湃，觉得"红麦"是一篇文章绝佳的题目，可是当地的朋友说，目前以《红麦》为名的电影已经拍好杀青，故事讲述了红军战士田双妹，被纳西族青年木老三相救后，经历了惊险曲折的感人故事。我听到这个消息，并不觉得遗憾，而是深感欣慰，不仅因为纳西族人大仁大义的精神被发扬光大，更因为红军伤员不再无名无姓，而是有了一个好听的名字——田双妹。

龙　泉

　　在浙江西南角有一个龙泉，没有去之前总以为那里有汩汩冒泡的泉水，但是闲走了几天，小溪小河四处密布，却没有遇到一个泉眼。不过，从龙泉山下来之后突然领悟，你是不能用常俗的眼光去看的，倘若你把这方水土先从心里过一遍，那一山一峁，那一草一木，那一人一物，不都有着泉的样子、泉的颜色、泉的生气吗？

　　我是从山顶开始，倒过来浮游龙泉山的，把车停在半山腰下来漫步，顺着一条蜿蜒小路朝着瓯江的源头走，走着走着就被一片片茅草给吸引住了，因为还是初冬时节，山上的植物还是一片翠绿，而那茅草已经一片金黄，看上去像一片巨大的树叶子中间兜着金黄色汁液。侧耳细听，有什么声音从草丛中穿过，丝丝扣扣，潺潺湲湲，延绵悠远，原以为有长虫爬过，但是随着风吹草低，看到波光细碎，犹如闪光的鳞片，才知道那是一条小溪，也就是瓯江之源。恐怕正是有这样低调而隐忍的流动，瓯江才日夜潺湲地经过龙泉、云和、丽水、青田、永嘉、瓯海、鹿城、龙湾等地之后，清清凌凌地在温州湾独流入海。

　　我扒开茅草，发现这条小溪和龙泉人一样，分寸感极好。首先是不冷不热，你伸手去撩一撩，它不像泉水那么凌冽，又没有江水那么燥热，感觉是那么舒适而服帖，太凌冽的水是生水，太燥热的水是熟水，这两种水都不是活水，无论是饮用还是戏耍，对人都是有害无益。其次是不清不浊：水太清则不自然，水太浊则无影子，我朝着这水底一看，似乎不是透明的，又是清澈见底的，似乎是无色的，又像光亮被稀释，是有纹理和质地的，石头卧于其中，似乎是软的又是硬的，似乎是清清晰晰的又是影影绰绰的。三是不动不静：在一般的河水里，要么掺杂着残枝败叶，要么寄生着各种蚊虫，但是在这条溪水里，你看不到什么腐物，也看不到一只生物，似乎什么生命都没有，又似乎是富有生气，似乎是静止不动的，又似乎是运动着的，你用手荡一荡，有泥沙泛起，手从水里抽出，那泥沙迅即就沉淀下去，又恢复了纯净和安妥；你掬一捧水尝一尝，似乎是无味的，又似乎是醇厚的，似乎是甘甜的，又似乎是微咸的。我分析了一下，应该是水随山性的原因，龙泉山海拔在江南是最高的，但是放在整个地理环境之内又不是最高的，山是陡峭的又是舒缓的。这里是中亚热带季风性气候，年平均气温 17.6℃，是四季皆景的，比如，在春天可看杜鹃花海，在夏天可避暑纳凉。

什么是舒服？什么是畅快？什么是刚柔兼济？什么是中立不倚？说白了就是分寸感。

在溪水中间忽然发现，有几团拳头那么大的东西被浸泡着，心想要么是奇石，要么是老虎云豹的排泄物。如果是奇石，那一定非常珍稀，如果是排泄物，说明周围有动物出没。我小心地捡起来，放在手心轻轻一捏，它竟然是软的，再轻轻一揉，它竟然是光滑的，再使劲地一搓，发现是细腻的，是有黏性的，是乳白色的，似乎是用牛奶和好的醒着的面团。原来，它既不是石头，也不是动物粪便，而是制作陶瓷的泥巴。我以为有人把泥巴带到了这里，但是，我很快从小溪两边，发现了很多相同的泥巴，分明不是由人加工的，而是天然的，是由石头风化出来的。无需练泥，也无需拉坯，我从河边抓了一团，轻而易举地就捏成了一只杯子……龙泉之所以有悠久的烧制青瓷的历史，原来这既是人谋的，也是天定的。

顺着溪流而下，很快就被大峡谷给拦住了。峡谷内既有悬崖峭壁的奇险，又有花草树木的俊美，既有吊桥摇摇晃晃的浪漫，又有飞瀑倾泻的痛快。在峡谷两边，全是白豆杉、华东黄杉、长柄双花木等珍贵植物，尤其是杜鹃密密麻麻地长在溪流飞瀑边，虽然此时不是杜鹃花季，也许正是"花泥"更护花，生着一种无名的植物，它小草一样躲藏在丛林之中，上边结着几颗血红的豆子大小的果实，被稀稀落落的几片叶子衬托着，可谓有着千山万水点点红之美。这种美是以小见大的，是以微知著的，大多数时候连点缀都谈不上，却被细心的、懂它的人发现，并放大成了最重要的风景。我准备采一颗果实尝尝，但是反过来一想，它的果实那么小，每株只有十几颗而已，它的价值在于看，而不在于食。它长在一座吊桥边，如今粒粒犹在，说明很多游人都是手下留情的，他们要的就是把这种美留下来，让后来者继续欣赏。于是，我拍了一张照片取名为"点化"——是它点化了整个山水，像一幅山水画中的一枚闲章。

最险的不算吊桥。从吊桥踏过，走高处虽然可以攀上悬崖，俯视脚下的万丈深渊，而顺着弯弯的流水绕过吊桥朝低处去，便可以与两折瀑布相遇，这是一种迂回和仰视的思路。从低处仰视小溪，每一滴水从高处飞下，显得一片雪白又晶莹透亮，那水已经不再是水了，而像凝固了的、淬火了的剑。它之所以是千姿百态的，是变化无常的，是优美的，是因为被人握在手中舞来舞去，这就是剑术，就是道法自然。龙泉之所以被欧冶子选为铸剑之地，原来不仅是天时所定，也有人杰地灵的原因。

　　最后一站，是看望小黄山。起初大雨淅淅沥沥，渐渐地，雨停了，太阳出来了，青天万里，只有两三团白雾，静静地停留在山谷中，宛如美人系着的几条丝帕，又宛如是英雄呼出的几缕仙气。

　　有人惊呼，这不就是黄山吗，加个"小"字为何？的确，四处都是合抱粗的迎客松，它们专挑悬崖峭壁而立，有些已经站了几百年。随后在周围的其他几个村庄，比如炉岙村，比如官埠垟，又看到了许多古树名木，有枫香，有苦槠，有甜槠，有柳彬，根据树上挂着的牌子显示，好多都是两三百年，它们或依着村庄而生，或长于田间地头，长在老百姓的身边，扎根他们的生活当中。我以前是见过很多古树的，有些在寺庙前，有些在名人的故居里，不过多数都是人们栽下来的，是想让树代表人活下去的，想让人附在树上活下去的，和那些喜欢树碑立传者一样，但是在这些古老村落，所有的树都是天然的，都是随着一阵秋风吹过，一颗种子落下来了，也有被鸟叼过来的，经过漫长的岁月慢慢地长成了参天大树。在炉岙村，我看到有几棵三百年的柳杉下边，被围上了栅栏，养着一群鸡，这群鸡围着这些大树咯咯地叫着，它们是多么幸福啊，起码是比我们幸福多了；在官埠垟，我看到有几棵几百年的古槠树下边落着厚厚一层枫叶，有一位老奶奶蹲在树下，刨开落叶在一粒粒地捡着苦槠子。据说在饥荒年月，当地人没有东西吃，就用苦槠子磨成粉，做苦槠饼，没有想到如今这苦槠子被岁月熬成了一道风味小吃。

　　我是住在猎户山庄的，离开前的那天晚上，为享受一些黑暗，我朝着山上走了一段，心想在这个动物不断灭绝的时代，如果能遇到老虎、云豹之类的，即使受点伤，那也是很幸运的。让我无比遗憾的是，天上的星星又大又亮，却是为了衬托黑暗而闪烁的，人类制造了光就是为了消灭黑暗，而那些消失的黑暗和消失的老虎、云豹，也许一样令人悲伤。最后一个早晨，我早早地醒来，静静地等待着，这么深的山涧溪流，如此多的古树名木，应该栖息着不少鸟吧？黎明应该会被鸟叫醒的吧？但是直等到天空大亮，窗外仍然一片寂静，还没有听到一声鸟鸣，只有雨露滴滴嗒嗒地拍打着落叶。我非常奇怪为什么没有鸟鸣呢？尤其是为什么没有一只麻雀呢？

　　友人告诉我，龙泉山确实是没有麻雀的，但是其他的鸟儿是有的，而且都是珍贵的品种，比如黄腹角雉。我推开窗子，忽然看到一只鸟，我不知道它叫什么名字，但是它长得十分好看，身上披着黑白相间的羽毛，和喜鹊有一些相似，却不是聒噪的喜鹊。它站在溪水边，优雅地跳跃着，像是跳着天使的舞曲，但是它不仅没有鸣叫，也没有畏头畏尾的不安，更没有胆怯而零碎的步态。也许是好鸟不叫吧！这里并非没有鸟，而是没有普通的鸟，毕竟传说龙泉山是龙的地盘，又是龙脉所在，被龙养育和庇佑着的，都是古树名木和人中俊杰，在其中隐居着的生灵，也应该都是龙的遗传，怎么可能有麻雀呢？怎么会叽叽喳喳的呢？

　　刚到龙泉就听人解释，龙泉原来不叫龙泉，为了避李渊之讳，是由龙渊改过来的。我懒得管它什么唐朝，管他什么高祖，单从名字好坏来说，我不喜欢龙渊，还是喜欢龙泉。理由有三：一是发音，龙渊会被误为“龙冤”“龙怨”，有一股怨气冲天的味道，龙泉即使被听成“龙权”“龙拳”，都是有庇护之意的。二是字意，渊是幽暗的，是下沉的，是深不见底的，让你是不敢靠近的，总觉得会坠入其中；而泉是明快的，是向上喷的，是流淌着的。三是含义，龙渊，是龙在里、水在外，是指龙生活的地方，渊中之水是滋养着龙的；而龙泉，是龙在外、水在内，是指龙赐予的地方，是龙吐出泉水滋养着一方水土。一个是取，一个是舍，那效果是完全不同的，境界也就存在天壤之别了。

　　龙泉有三大风物：一是青瓷，二是宝剑，三是香菇，对应的也有三神——瓷神、剑神和菇神。这三件宝物，经历如此悠久的历史而愈加风行，不都是由那条龙日夜不停地吐出的涓涓溪流而滋养出来的吗？

桐　　庐

散文家陆春祥先生的故乡在浙江桐庐，桐庐又是快递之乡，那天下着小雨，还起了些雾。雨和雾在秋天的树林中缭绕着，就有了江南水乡的味道。到桐庐站，下了高铁不远，就是这次"重返故乡"下榻的第一站，名曰桐庐海博大酒店。前往酒店的路上，除了自然田陌和芳草连天以外，似乎并没有什么历史文化的迹象，比如庙呀，牌坊呀，残砖碎瓦呀，都是看不见的，只有正在开挖的工地上裸露出来的黄泥土，显出了几分古老而苍茫的色调。我在心里犯起了嘀咕，这就是著名作家陆春祥的故乡吗？他可是在古代经典里自由穿行的人啊！而且"陆春祥书院"不久也将在这里建成，我怎么就看不到古风古韵的痕迹呢？

正当内心空空落落的时候，我的疑心很快被一个小小的细节改变了。这是摆放在书桌上的一张卡片，半白半绿，上边配着一张插图，开始以为是"入住指南"，或者什么产品广告，但是再仔细一看，却是一则"温馨提示"，大意是说，酒店位于完全自然的生态环境中，时下正是学名叫椿象的昆虫盛行之季，这种昆虫无毒无害，以果树的树皮为食，并不咬人，请不要害怕。但是，由于椿象遇到拍打和惊吓，其体内的臭腺会突然释放出保护的臭气，使攻击者不敢靠近从而方便其逃逸，所以请不要直接拍打它，可以驱赶或者用餐巾纸包起来冲入马桶。卡片还介绍，椿象是一味很好的中药材，中药名叫九香虫、小九香虫，每年10—12月间捕捉，将虫体晒干或者烘干，研为粉末冲服即可。九香虫性温味咸，功效为温中壮阳、舒肝止痛，主治肝气痛、胃脘滞通、风湿腰痛等症。读完这张卡片，我不禁笑了，似乎感觉脚下顿时有一股气体冒了出来，这不正是地气与文脉所在吗？我突然想起了陆春祥先生获得鲁迅文学奖的作品《病了的字母》，书中百余篇文章，配了百余副药方，与卡片中的内容有着异曲同工之妙。随着"重返故乡"的深入，发现受到桐庐籍中药鼻祖桐君老人的影响，陆春祥和他的乡亲们是喜欢开方子的，只不过，有些是生活方子，有些是社会方子。

天啊，再看一看椿象的图片，我之所以怦然心动，主要原因是这只虫子和我已经是老相识了，它原本是没有名字的，我们给它起了个名字叫"臭屁虫"。我的故乡在陕西秦岭里边，我十岁左右的时候母亲和哥哥相继去世，两位姐姐远嫁他乡，只有我和父亲相依为命，每次周末从学校回到家的时候，家里的大门总是锁着的，我只好静静地坐在门枕上，等待着父亲从山上采药或者打柴归来。在饥饿难忍、无聊至极的时候，总有那么一只小小的虫子，不知道从何处钻了出来，像专门来陪伴我似的，从门下爬到门头，从左门板爬到右门板，还一次次地穿过门环，像杂技演员表演钻铁圈的节目一样，是那么的优美而陶醉。随着太阳慢慢地偏西，随着夜晚慢慢地到来，我慢慢地陷入了绝望和恐惧，臭屁虫也会消失在茫茫的夜色中。

我所了解的臭屁虫是一种阳光的虫子，或者说是一种爱晒太阳的虫子，它们总会在风和日丽的秋天出现，而且总是出现在明朗而坦荡的地方，绝不会像小强那样出现在阴暗潮湿的角落里。所以入住酒店的那天，我非常渴望着臭屁虫的现身，我准备在它现身的那一刻，先去轻轻地拍打它一下，像拍一拍兄弟的肩膀，闻一闻它释放出来的臭气，然后再用餐巾纸包住它，不过，我没有那么残忍，把它冲入下水道，而要把它带到酒店外，找一处风景优美的地方放生，我觉得放生一只臭屁虫就是放生我自己的童年。但是，但是，直到第二天早晨那小小的身躯并没有出现，我分析，可能是因为天气的原因，因为此时还在下着毛毛细雨，那就等到云开雾散、阳光普照的时候吧。

虽然没有邂逅臭屁虫，但是我已经感慨不已了，在我的老家与童年的记忆中，它仅仅是一只来无影去无踪的会放屁的虫子，而到了人家陆春祥的故乡桐庐，它不仅有了大名，而且还成了一味药，被下了如此长长的注释，这是多么了不起的升华呀。我是走过许多古城名乡的人，已经看多了黄墙黛瓦和断壁残垣，但是大部分都有着浓重的做旧的痕迹，而关于一只虫子的解读也许是浸润在骨子里的文脉所致吧。

我一直有一个观点，每个人的一生必然是有迹可循的，这有点像风水先生在安宅和落葬时看风水一样，他会成为什么样的人，会成就什么样的人生，都不会是无缘无故的，都是有源头的，也就是说，是有根脉的，这个根脉就是故乡。前阵子，有一位朋友告诉我，他探访过许多作家的故乡，寻找到他们成为作家的原因，后来发现每一个作家童年生活过的故乡，必然有一块可以"通灵的道场"。对于一个作家而言，最大的"道场"是念书的地方，要真正了解一个作家，最好去看看他的母校。这像一条河流一样，念书的地方就是源头，这条河流出来的水是清是浊、是大是小，能流出什么样的声势、能流多远，都是由源头决定的。

"重返故乡"是第几天去陆春祥的母校桐庐分水中学的，我已经不记得了，只记得那天阳光若有若无地照着，建在小山包上的校园非常安静，看不到什么行人，操场上也是空荡荡的，只能听到麻雀稀稀落落的叫声。我开始并不知道这是学校，就悄悄地问这是什么地方。朋友告诉我，这是陆春祥的母校。我不禁有些吃惊，校园里并没有看到学生活泼的身影，以及应该有的欢呼声和笑闹声，所有的墙壁也都是光秃秃的，没有看到熟悉的黑板报，只有一块巨大的花花绿绿的电子屏幕，上边打了一句"热烈欢迎鲁迅文学奖获得者陆春祥校友回母校"。在我的记忆里，黑板报是被刷在墙壁上的，每隔一两个星期会用不同色彩的粉笔抄写着优秀的作文，还会插上一些漫画；翻单杠、踢毽子、跳绳、打球、跑步、摔跤，即使不是课间休息时间，也应该有琅琅的教书声和粉笔在黑板上刷刷的写字声……但是，如今的校园难道已经荒废了或者周末放假了吗？

走了不远，面前出现了一棵参天大树，树干上长着毛茸茸的胡须一样的青苔，婆娑的枝桠遮挡住了半个天空。在我看来，树是世界上唯一可以通天、通地、通人的生命，所以生长大树的地方说不定就是神仙出没的地方。我琢磨着这是什么树、大概有多少岁的时候，看到树下竖着一块"揖樟课读"的牌子介绍道："香樟树，有近千年历史，高逾五丈，树干粗大，中有空洞，虬枝参天，纵横交错。树冠状如巨伞，枝繁叶茂，生生不息，荫庇后生，福泽学子。莘莘学子，琅琅书声，揖樟而读。正所谓：千年神樟生生不息根土为本，百代学子薪火相传勤学是源。"很明显，这棵香樟树已经有上千年了，那么它是天然生长的，还是人为栽植的呢？顺着台阶再往前走上几步，又看到一块"状元双碑"的牌子，所有的答案就写在这块牌子上了："五云山现存有'唐状元施东斋先生读书处'、'洗砚池'两块残碑。一为清道光四年分水知县饶芝所立，'洗砚池'石碑原位于四合院东南百步许一水池旁。此池宽丈许，水清浅，旱不涸，夏日池内遍开白莲花，花瓣上呈现墨迹点点，相传为先生洗砚时所留。"

原来，分水中学所在地名曰五云山，位于中国制笔之乡的分水镇城东。唐元和年间就在此创办了五云书院，办学一直延续到清末，可谓是人才辈出，不仅出过唐状元施东斋，而且培养了三十五位进士。分水中学则是1943年创建的，至此时已经近八十年历史，培养出来的人才更是数不胜数，在文脉如此深厚的地方，别说出一个陆春祥了，就是再出几个神仙也不奇怪吧？我站在"状元双碑"前，伸手摸了摸被时光打磨得有些粗糙的石碑朝着山下望去，看见一座白色大理石状的牌坊巍峨地竖立着，牌坊上方写着"五云书院"，两边还有一副对联，上联是"春风化雨五云生就读书地"，下联是"秋水行文一脉流通洗砚池"，落款为"邵华泽"，笔法可谓是圆润、通透而优雅。呵，这字体的模样，怎么这么像陆春祥先生呢？

　　这次母校行，陆春祥先生有一个捐赠仪式，我却被校园里的一景一物吸引住了。我下了坡，从后门出了校园，这是一条刚刚新修的老街，还没有正式开张，所以并没有什么人气，倒是有一位大妈利用自己家临街的房子开着一家小吃店，门口摆着的一口锅里热油翻滚，正在炸着一种小吃，而且并不卖其他食品，只卖这种被我称之为"油馍"的东西。我对这种小吃是熟悉的，小时候过年前的一天晚上，每家每户都会炸果子，圆子，麻花，糍馍，红薯片，豆腐干，各种各样的小吃炸好了，装在提篮里挂在天花板上，每次要吃的时候取下来一些装在碗里，放在蒸笼里一蒸，再浇上几勺子糖稀，可以一直吃到正月十五。我最喜欢吃的叫油馍，做法很简单，搅半盆子面糊糊，放入盐和调料，把豆腐切成丁，把萝卜切成丝，把蒜苗切成末，然后放入面糊糊里搅拌均匀以后，放进油锅里一炸就行了。大妈从油锅里给我捞出了三个黄亮亮的、热滚滚的油馍，我已经等不及了，张嘴就咬了一口。哇，太好吃了！扑鼻的香气随着腾腾的热气飘了出来，被秋天有些委婉的风吹了出去，吹过了学校，吹过了江南小镇，一直吹到了几十年前的我的故乡，我分明听到了童年时的自己正抽动着鼻子咽着口水的咕嘟声。

有人不停地催，说捐书仪式已经开始了，我一边啃着油馍一边冲进了活动现场。这是民国时建起的四合院，地面由青砖铺成，青砖上有着岁月流逝留下来的"包浆"，砖缝里长着绿色的青苔透出了某种好闻的类似于泥土发酵的味道。一路上没有看见学生，原来是学生们早早地等在这里了，他们齐齐地站满了院子，表情都很严肃，甚至有一些老迈而木讷，但是和古老的院子似乎一点也不协调。我突然明白了，如今的校园已经不是过去的校园了，如今的学生也已经不是我们那个年代的天真烂漫、无忧无虑的学生了，他们的心思并不在世界上的风云变化，而在于书本上的风起云涌。想到这里，我就有了一些期待，我终于看到了我想要的情景——有一位女学生的头发被身后的一位女同学轻轻地、顽皮地揪了一下，这位女学生留着一头齐耳短发，不过却黑油油的，散发着积极的光泽和气息。她的头发被揪，却仍然纹丝不动地站着，面朝着主席台上正在发言的校友陆春祥，保持着有些茫然的敬仰，然而她的脸上却涌现了一丝丝笑意，这笑意里暗藏着一股无法抵挡的青春气流。

从学校离开的时候，我突然想到了唐状元施东斋，他与我也许还有千丝万缕的关系呢。比如，他应该也去走访过我的故乡，我的故乡武关可是当年的交通要道，南方的学子们无论前往长安赶考，还是为官、外放或者回家省亲，武关是必经之地，也是重要的驿站，都是要在武关住宿一晚的。比如李涉，就写过一首《再宿武关》："远别秦城万里游，乱山高下出商州，关门不锁寒溪水，一夜潺湲送客愁。"毛泽东主席对这首诗喜欢得不得了，曾经手书抄录了下来，只不过把"出商州"写成了"入商州"，这是笔误还是有意而为之，我们就不得而知了。状元郎等文人墨客走读武关，如我们走读陆春祥的故乡，只是我是万万写不出诗的，权以此文交差作罢吧。

广　安

1

那是一座坐东朝西的三合院，灰色瓦屋顶，赭黑色木柱子，白色石灰墙，两扇木门，几扇格子窗，贴着红色的窗花，和我想象的一模一样。站在门前，让细雨轻轻地打在脸上，我猛然以为回到了自己的老家。

大门是敞开着的，随便走进门来，堂屋大体与普通人家并无特别之处，正面有一副对联，联脑是"祖德留芳"，上联是"忠孝传家久"，下联是"诗书济世长"。香堂中间贴着"天地君亲师位"，右侧是"文武夫子"，左侧是"四官财神"。我的老家右侧是"九天东厨司命"，左侧是"陈氏宗族诸位"。从香堂上可以看出，这是崇文重武之家。在北厢房，有一间二十平米的书房，放着一架红色雕花床，两张简单的衣柜，靠着窗子有一张极其普通的桌子和椅子，桌子放着一盏煤油灯，还有笔墨纸砚。

我从桌子旁边穿过，仿佛仍然坐着一个风华少年，他正在翻卷阅读，抑或抻笔写字，偶尔会凝神静气，从那格子窗中朝外看去。他看到的，也许是绿树成荫、漪漪修竹、青青荷叶……他的目光慢慢地远了，思绪慢慢地淡了，他看到的，恐怕就是山河破碎、流离失所。他的笔，笔上的墨，墨中的爱，随着他的目光，随着他的思绪，从牌坊村，从协兴镇，从广安县（现广安市广安区），一直朝外洇开，形成一条江河，形成一条道路。世上本没有路，是他自己看到了路，于是他坐着的船，是扬帆在自己的笔墨之中，是划行在自己的思绪之中，然后穿过望渠巷，来到渠江东门码头，登上一叶木舟依依告别故乡，顺着朝天门，经过黄浦江，到达法国马赛……几年之后，他再次回到中国，从此踏上革命之路。

人一生有两个故乡，第一个故乡是你出生之地，是通过血脉遗传下来的，是由父母先人决定的。另一个故乡是你的人生转折之地，是冥冥之中通过上天传播下来的，是有命运之神驻守的。具体到个人，我第一个故乡在陕西，不管那里还有没有亲人，每年都要回去一趟，有时候在春节，有时候在清明，回去无非上上坟，送送灯，烧烧纸，磕磕头。仔细想想，我之所以要祭拜，似乎是为了先人，其实是为了自己。我另一个故乡自然就是广安。其实这只是一种感觉，它并不是我实际的故乡，而是世纪伟人邓小平的故乡，是改革开放总设计师的故乡，也可以说是命运之神的故乡。

我已近半百，该看的风景已经看了，来不及看的风景已经想透了。但是，有人招呼去四川广安看看，我确实在心里激动了几天。其实，我思慕广安已久，把它藏在心窝里，原因大小有两个：小原因是，我曾收到一封寄自广安的信，当时有一个女孩，是某某学校的，大约十七八的样子，她说喜欢我的诗，而且在信中夹了一张玉照，她站在一条河边，穿一件白色衬衣，像一棵白杨树……现在回想起来，那条河莫不是渠江？大原因大家都明白，那里有邓小平故居，那里是他人生的起点，可以说是我们几代人幸福的起点。

我的爷爷原来是大地主，据说我妈都是他用几亩地从长工家里换来的，我隐隐约约记得，我大姐学习非常好，但是不能入团入党，学校勉强同意她递交入团申请书，哇，当时全家上下激动得不得了，神神秘秘地抱着一张表格喜极而泣，但最后还是没有批准，于是我大姐毕业后回到村里，如今仍然是苦巴巴的农民。我比她小几岁，命运就完全不一样了，等我上学之时，父辈们头上的"帽子"已经摘掉了，我们这些小辈们全部自由平等了，不仅可以戴着红领巾，还可以把学一直上下去，于是年龄小的几个兄弟，有的当了兵，有的考上了学，全部成了吃商品粮的国家干部。

我们村里人，看到我们个个混得有模有样，便指着我们家的祖坟，说是埋到了龙脉上，应该感谢老祖先的保佑。从景色的角度看，我们的祖先确实埋得不错，那座山叫九龙山，坟前是一条溪流，坟下边有一眼冬暖夏凉的山泉，坟后边是悬崖峭壁，上边长着一棵参天大树，至今也没有人知道那是什么树，只知道树上有一个喜鹊窝，住着一窝喳喳叫的喜鹊。每次有人说起龙脉，都会遭到父辈以及堂兄和大姐的反驳，说如果是风水好，那我们为什么就当了农民？所以，要感谢的，是邓小平，是邓小平救了你们。他们总对我们说，风水是不变的，变化的是时代，你们遇到了一个好时代，你们不能忘记祖先的养育之恩，也不能忘记邓小平的救命之恩。

我把广安当成命运之神的故乡自然是真情实意的。来到广安，参观翰林院子、蚕房院子、邓绍昌墓、邓家老井、放牛坪、清水塘、洗砚池、神道碑、牌坊老街，还拜谒了邓小平双亲之墓，其实这都不好称为景点，而是邓小平过去的足迹，是他先迈开前进的脚步，我们每一步都踩在他的脚窝里，也踩在命运之神的心坎上。我看到一物一件，触及一情一景，都会引起我深深的怀想，我在心里一直追问的是，如果没有这些，没有四十年前的召唤，那么现在的我又在哪里呢？我们所拥有的美好生活又在哪里呢？

路上下着小雨，有人说要是晴天就好了。但是我还是希望小雨这么下着，这不仅是润泽这方水土的小雨，也是我们怀古思圣的小雨，就让它下得再远一些，下得再缓一些，下得再湿润一些。

2

说一句话你不要笑我，在去华蓥山之前，我还不敢确定"蓥"的读音，更不知道它的释义，于是偷偷地查了一下，新华字典只有一句"华蓥，山名，在四川"。很明显，这个字就是为这座山而造的，这座山就是为这个字而生的，没有这座山也就没有这个字，没有这个字这座山就是无名的。

我不甘心，又去搜索了一下"蓥"，百度勉强给出的解释是，位于四川盆地东部，是邓小平的故乡，隶属于广安市。再进一步索引，《广韵》为"饰也"，《博雅》为"磨也"，《说文》为"器名也"，《正字通》解释为"磨金器令光泽也"。在进入山门之前，我在心里反复盘算，给人起名多是梦见什么叫什么，而给山起名多是形似什么叫什么。比如和华蓥山并称巴蜀四大名山的"峨眉山"，无论怎么传说，最可信的还是它像绣花女的一道眉毛一样秀美。据此推断，华蓥山应该也是因为形状，尤其在日出日落之时，被天光地气那么一点化，像被打磨得光泽四射的金器。"金器"里边自然不是空的，是装着"琼浆玉液"的，是装着"金银珠宝"的，"金器"上边还覆盖着古树名木，多像一顶华丽的凉帽，更像一顶凤冠龙冕，所以此山是由此而得名的吧？

　　首先让人惊奇的是雾。那天登华蓥山，正是初冬时节，天气出现少见的大雾，眼前身后全是白茫茫一片。开始以为能见度低，好风景都被蒙住了，是看不见的，却不曾想，人间最美的风景，正好处于看不见和看得见之中。你看见的是自然之神的创造，是没有想象余地的；你看不见的才是你自己的创造，是全部可以幻想的。由于雾大，从中穿行，感觉自己像一条鱼，是浮游在深潭大海之中的，让你恍惚以为自己回到两亿年之前，那场天崩地裂的造山运动还没有发生。这雾是有形的，是涌动着的，是变幻着的，是此消彼长的，是来来去去的，是平平仄仄的，贴着你流动的时候，你感觉像有人张开嘴，对你的脸轻轻地呵了一口气。那气息是山川化出来的，是一草一木洇开来的，有一丝丝清凉，有一丝丝温润，有一点点味道，似乎那是一把把小钥匙，在插进你的身体轻轻地拧着，把你身上的毛孔次第打开。那种气息白得像寡薄的米汤，又像荡漾开来的乳汁，山、石、树被慢慢化开，顺着人的毛孔，也顺着人的眼、耳、鼻、嘴，流入你的体内和骨头。你感觉这片土地的灵、气、美，都被你缓缓地吸收和消化，让你彻底把风景揽入身体，也彻底地融入了风景之中。

　　其次让人惊奇的是树。据介绍，在华蓥山，植被覆盖率达百分之九十五以上，种类高达三百种之多。山下以松树与杉树为主；山上以稀有树种为主，最为珍贵的是香果树和穗花杉；漫山遍野是白夹竹、茨竹、方竹、灌木、乔木；还有罕见的植物至今也难以命名，从而增加了华蓥山神秘的色彩。其实，树也是以稀为贵的，它们到底有多名贵，对普通人是无所谓的，因为我不认识它们，无法区分它们，也不知道它们究竟名贵在什么地方，有什么可以利用的价值，比如叶子是否可以入药，树干是否可以打成家具。所以，尤其在景区里，我对所有的花草树木都是一视同仁的，都对它们迎着风就轻轻摇晃心生好感。但是，在华蓥山，无论看到什么树，我都充满了敬意，这种敬意只对英雄产生。因为这里的树，不在于长得有多奇怪，长得有多粗壮高大，而是它们多数并不长在土里，也不长在地面上，是长在石头缝里的，甚至是高高地长在石头上的。因此，在华蓥山，格外耀眼的、壮观的、随处可见的便是石生树、树缠石等自然景观，树木都长在石头上，石头上都顶着树木，树根亲密地抱着石头，石头紧紧地顶着树木，有些像骑在父亲的脖子上看戏似的，至于到底是石头主动蹲在地上，还是树木主动骑上去的，已经没有答案了。

反正，树木与石头都是一种表情，都呈现着黛绿色，又都像是皲裂的皱纹，让你以为那嶙峋的石头就是树，那树也是石头。更为关键的是，你根本已经无法区分，哪部分是石头，哪部分是树木，所以你无法说出石头的高矮，也无法丈量出树木的粗细。既然树木能够在石头上扎根生长，说明这里的石头看似是硬的，其实是软的，看似是干巴贫瘠的，其实是富有营养的，看似是冰冷的，其实是仁慈的；既然石头愿意顶着树木弓背弯腰，说明这里的树木看似是柔弱的，其实是坚忍的，看似是决绝的，其实是缠绵的，看似是拘谨羞涩的，其实是风情万种的。在奇特的石林之中，处处都穿插着各类植物，每一棵树木都抱着一块石头，每一块石头都顶着一两棵树木，所以看上去不再是石林，也不再是树林，分明是枝叶繁茂的、郁郁葱葱的鬼斧神工的大森林。

最后让人惊奇的是人。在好多景区里，比如什么睡佛，比如什么神女，比如什么飞天，比如什么下凡，那不过是山水的一部分，解释起来有许多牵强附会的成分。但是如果你登华蓥山之前，好好参观一下华蓥山游击队纪念馆，游一游华蓥市区里的安丙公园、安公铜像和畾然殿，远一点你好好了解一下《红岩》以及作者之一杨益言故里武胜县，尤其好好地拜谒一下邓小平故居……当你深入了解广安以及方圆几百里的文明史，了解抗击外敌侵略的战争史、中华民族解放的革命史和四十多年来的改革开放之路，你再去登华蓥山的话，不仅不会觉得虚假，还会觉得是那么真切，甚至还有许多感动——感动，那是对风景最好的评价，也是旅游中最高的境界。

无论是双枪老太婆的塑像，还是"夫妻石""一吻千年"和"妙笔生花"等景点，如果我们不去给它们命名，凭着我们的印象和观感，都能在现实中一一找到对应，应该是上天对现实人物的临摹。那些石头无论是俊是秀，是险是奇，是变是化，它们都是由人定格而来的，活脱脱就是一尊尊英雄人物的雕塑，或者说这些英雄人物都是从这些石头里脱生的，像《红岩》中的江姐在面对种种酷刑时所言："毒刑拷打是太小的考验，竹签子是竹做的，共产党员的意志是钢铁铸成的！"其实他们的骨头，他们的胸怀，他们的意志，他们的精神，正是用华蓥山的喀斯特石林组成的。

在拥抱这些石头的时候，我猛然发现这些石头上，长着一层赭红色的苔藓一样的东西，它不是一种泥巴，也不是一种锈迹，更不是什么腐烂之物，轻轻地摘一点捧在手心，你能感觉它，是新鲜的，是活着的，是不褪色的。稍微远一点看，像是一种涂料，把石头染成赭红色，偏向一点点黄色。它从石头里，在慢慢地渗出，像鲜血一样，其实它就是血，是石头的血，也是人的血。正是有了血，才会有肉，才会有骨，才会有精气神，才有不屈不挠，才会有大义凛然，才会有英雄气概，才会有神和仙。我终于可以这么说，华蓥山是由人组成的，华蓥人是用华蓥山的石头和水土造出来的。

安丙，双枪老太婆，写出《红岩》的杨益言，小说中的英雄人物江姐，更有世纪伟人邓小平，还有这些普通的山民，他们不都是用一方山水造出来的吗？造出他们的，当然只有大地之母女娲了，那么女娲又是谁造出来的呢？我想应该是大地上的一块石头，如果女娲还在的话，她应该就是他们，就是我们，就是你们，是任何一个不惜一切代价创造出幸福生活、创造出美丽山水的人。而这些人，就在华蓥山，起码我以为是来过华蓥山的，是从广安启程的。折返下山之时，遇到几头黄牛犊子，它们在林子中吃草，也许是窜入林子中的几团雾，整个身体矫健、机警而光滑，看上去有些灵兽的样子。

　　我一查，当日正是初五，传说初五是女娲造牛之日。这几头牛，会不会是女娲用华蓥山的水土造完人之后，再用剩下来的边角料刚刚造成的呢？

江　夏

1

　　离清明还有半月时间，我当时不在上海，而在老家上坟祭祖，因为今年闰二月，按照风俗需要提前扫墓。这时候朋友发消息问我，有没有时间去一次江夏？我第一次听到江夏，还以为是甘肃宁夏什么地方，所以跳上脑海的是大漠孤烟。直到出发的前两天，查询机票信息的时候，才知道江夏隶属于武汉，有着楚天首县的美誉。

　　我是下午两点多抵达江夏的，没有想到，江夏的天气比上海还暖和，风十分轻柔，阳光带着淡淡的黄，空气中像兑入了蜂蜜或者柠檬，有那种不易被觉察的清新和春意。入住的是喜来登酒店，它和很多酒店不同的是大堂竟然设置在 23 楼，而我被安排在了更高的 38 楼，这是我至今睡过的最高的地方。进入房间，床上写着"欢迎"两个字，是用花瓣摆成的，茶几上放着三个小碟，一碟饼干，一碟草莓，一碟核桃仁。立于窗前远眺，近处是湖，远处是树，再远处是山。湖不大，却是一片澄蓝，有鸟在湖面飞翔；树不多，却长于辽阔的草地之中，已经是一片碧绿；山不高，却有着淡淡的雾气，犹如氤氲开来的水墨。

　　也许是江夏的春天来得更早，我原以为江南才有的山光水色，在江夏竟然全有了，而且显得更加秀美。当地的朋友介绍说，江夏是"三山三水三分田，还有一分是家园"，自然条件全国少有。当然，江夏原来也不叫江夏，而是1995年撤销武昌县，才设立了武汉市江夏区。不过，"江夏"之名由来已久，最早可以追溯至隋开皇元年（581年）在境内设置的"江夏县"。有人突然提醒大家，真是太有缘了，江夏区设立于1995年3月28日，今天正好是3月28日，算是江夏区28岁的生日！你们可不要小看了江夏，虽然设区只有28年，但是这里的人文历史非常深厚，有着非常著名的"江夏黄"，比如战国四公子之一的春申君黄歇，就是我们江夏人。

我被"春申君"的名字给震住了。因为，根据《上海地名志》记载，上海简称"申"，号称申城，就是源于受封于这里的春申君黄歇，所以那条穿城而过的母亲河才叫黄浦江。黄浦江原本因为泥沙淤积，河床过高，江水肆意漶漫，一到汛期就闹水灾，导致沿途百姓的日子苦不堪言。上海成为春申君黄歇的封地以后，他对这条河进行了治理，疏浚了河道，筑起了堤坝，使河水不再泛滥，造福了一方百姓。

人们为了怀念春申君，于是将这条河称为黄歇浦，又称之为春申浦，也叫春申江，简称申江。后来上海人用江名中的一个"申"字作了上海的别称，这便是上海简称"申城"沿用至今的由来。不过，黄浦江是清代以后才叫出来的，我们平时还亲切地叫它浦江。我一直在琢磨，叫浦江比较容易理解，浦是入水口的意思，为什么要冠之以"黄"字呢？现在猛然醒悟，并非因为这条江不够清澈，水质显现浑黄色，而是因为跟着黄歇姓了黄。

在上海，跟着黄歇姓黄的，还不止一条河流，还有黄浦区、黄申路等。另外与黄歇有关的是位于松江区新桥镇的春申村，为了纪念这位开申之祖还有一座春申君祠堂至今保存完好。即使是长三角地区，也纷纷以其姓或号为许多山水命名，比如浙江吴兴的黄浦，江苏江阴的申港、黄田港，江苏江阴的君山也叫黄山。不过，据相关资料，真正的安徽的黄山原名叫黟山，相传是轩辕黄帝炼丹并得道成仙的地方，后来全拜唐玄宗李隆基所赐，才改为黄山沿用至今的。

黄浦江是长江汇入东海之前的最后一条支流，也是上海市最大的河流，发源于湖州安吉龙王山，主要水源来自朱家角镇淀峰的淀山湖，流经青浦、松江、奉贤、闵行、徐汇、黄浦、虹口、杨浦、浦东、宝山等区，至吴淞口注入长江。如今的黄浦江，几乎贯穿了整个上海，可以说是江阔水深，以其清清凌凌的江水承载船舶画舫，以其微波荡漾着的霓虹艳影表现了万种风情，流经的地方一片恩泽、万般繁华。尤其是西岸的外滩，一栋栋古老而时尚的建筑，成为十里洋场的写照，而东岸的陆家嘴，摩天大楼直入云端，发展成了中国改革开放的象征。

我赶紧查阅了一些资料，发现春申君的具体籍贯是有争议的，有说是湖北荆州监利人，有说是河南信阳潢川人。但他身为楚国大臣、曾任楚相是毫无争议的。不过，我相信他就是江夏人，起码他在江夏生活过，证据之一是我对地理位置的判断，因为江夏和上海之间有一条长江串联着，来回往返是十分便利的。更有力的证据是史料记载，潢川黄国被楚国灭亡后，黄姓族人有少数逃到河南中部，大批则被迫内迁到楚国腹地，定居在湖北黄冈、黄陂、黄安、黄梅、黄石等地，其中有一支就迁到了江夏安陆一带，后来发展成汉代最著名的"江夏黄氏"。而据专家论证以相关的典籍记载，春申君黄歇是中国大姓"黄"姓的始祖。据国家公布的最新数据，2021年全国黄姓人口达到了2700万，在大陆排在第七位，在台湾排在第四位，海外黄姓华人在华人中所占比例也很大。江夏则是海内外黄姓人公认的总郡和发祥地，故有"天下黄姓出江夏，万派朝宗江夏黄"之说。

春申君是第一位开发上海的人是确凿无疑的，也是所有上海人所公认的，为了感谢这位开山鼻祖，2002年9月在上海世博会申办成功后的大型文艺庆典上，演出的第一个节目就叫《告慰春申君》，其中有一句歌词：啊，长歌告慰春申君，你恩泽四海万民礼赞，你封地江东筚路蓝缕，你疏通河道拓垦荒蛮。如果说春申君真是"江夏黄"的话，那么上海和江夏不就有了血脉相连的关系了吗？我，陈仓，虽然不是土生土长的上海人，毕竟已经在上海生活了二十余载，我的妻儿却是实实在在的上海人，我的精神也算有着这片土地的恩泽和荫庇。

　　清明节是一个怀念先人的节日，我在清明节前夕有幸来到江夏，这不就是冥冥之中的缘分吗？接下来的几天，我便是怀着纪念、拜谒和敬仰的心情，漫游和注目江夏这片土地的。

2

　　采风的其中一站是灵山生态旅游区，位于武汉市江夏区纸坊街林港村、乌龙泉街灵山村及幸福村，距江夏城区约八公里。《西游记》里，灵山是唐僧师徒千辛万苦要去取经的地方，小说是这样描写迎客山门的："却说唐僧四众，上了大路。果然西方佛地，与他处不同。见了些琪花、瑶草、古柏、苍松。所过地方，家家向善，户户斋僧。每逢山下人修行，又见林间客诵经。"两灵山虽不甚相同，但都步步皆景。

　　那天早晨，江夏先是下了一点细雨，然后细雨中夹带着阳光，再然后阳光中夹带着细雨，等我们来到灵山的时候，就已经是纯粹的春光了。但是，即使如此，我们站在灵山脚下，也不知道灵山到底"灵"在何处，那山相貌平平，不奇不险也不巍峨，甚至隐隐约约有些遮挡不住的疤痕和沧桑。

　　不过，灵山的天是青色的，静静地停着几朵白云，山顶稀稀落落的几棵树，悠远得像一幅素描或者剪影。尤其山下有一个湖，因为是下沉式的，而且沉得很深，所以不叫灵泉湖，而叫灵泉潭。灵泉潭地势非常低，四面都被山包围，像一个小小的盆地，因而再大的风也吹不到，所以湖水平静得像是一块玻璃，没有一丝的波纹也没有杂质，只有让人提心吊胆的蓝，似乎多看几眼就能把它戳破。倒是潭边停着一叶扁舟，像一个怀春的少女以手托腮，呆呆地看着水中的倒影。潭子周围的山坡上是已经返绿的草地，凡是平坦的地方都种着油菜花，此时的花已经开了，大片大片的金黄色，猛然看上去像是凝结的阳光堆在那里。凡是不平坦的地方和路边都种着桃树，这不是平常的桃树，而叫红叶碧桃，桃红色的花也开了，开得十分稠密，像是油彩一般浓重，中间还夹杂着种了一些樱花，樱花似乎开得更盛，一树一树粉嘟嘟的，让人情不自禁地凑上去闻一闻，果然有着胭脂红粉的淡淡的清香。

根据导游的介绍，这里之所以不叫风景旅游区，而叫生态旅游区，因为这里是在生态修复的基础上进行规划开发的，是践行"金山银山不如绿水青山"理念的样本。之所以说是生态修复，原因是灵山由于矿产丰富，尤其是石材质量远近闻名，在上个世纪有几十家采石场，经过几十年的露天开采，生态环境遭到严重破坏，山被炸得千疮百孔，地表植物被毁损殆尽，抛弃的矿渣到处都是，矿坑和危岩随处可见，遇到一下大雨就出现泥石流，甚至是山体滑坡。

根据有关媒体的采访，灵山附近的村民表示，记得当年放炮炸山的时候，家里的房子都在发抖，扬起的灰尘到处弥漫，天空总是灰蒙蒙的，房顶上、树叶上、地上都落满厚厚的粉尘。由于环境特别差，矿区周围的年轻人不愿意待在家里，就纷纷选择去外地打工。为了让灵山真正地灵动起来，当地政府开始推进废弃矿山生态修复。2014 年，灵山周边几十家采石场全部关停。2019 年，灵山矿区生态修复工程开工，成为武汉市首例复垦利用的试点。导游指着灵山下的灵泉潭说，这里原来就是一个大坑！这些风景可以说是在一片狼藉的地方建起来的。

其实，在中国叫灵山的地方特别多，比如河北迁安的灵山，相传是女娲娘娘炼五色石以补青天的地方；比如位于江苏南京的灵山，位于栖霞山南麓，曾经出土了一座墓，根据墓志铭文推测，墓主人应该是南朝齐、梁时期的宗室贵族；比如陕西宝鸡的灵山，以秦穆公狩猎时见灵鹫鸟而得名；比如安徽亳州的灵山，又叫狼山，因其峰有九座，而且样子像鼎，所以又称九鼎灵山；比如江苏无锡的灵山，位于太湖之滨，是世界佛教论坛永久会址；比如河南信阳的灵山，据说形成于中生代白垩纪，这里山体连绵，层峦叠嶂，沟壑纵横，共有大小瀑布36条，大小山洞72个，有名的奇石怪壁108处，处处演绎着一个个美丽的传说。

相对于这些灵山，从表面上来看，江夏灵山是平淡无奇的。但是把它放在沧桑巨变的背景下再看，那就与众不同了，甚至显得非同凡响，因为别的灵山要么天造，要么附庸着虚幻的神话传说，而江夏灵山是当代的江夏人，用自己的双手美化出来的，是改造世界的一种体现。根据相关的规划显示，他们以保护自然环境和改善生活为目标，最终要建成春赏花、夏纳凉、秋观叶、冬咏梅并融入矿山文化、江夏文化、农耕文化、科普研学等元素为一体的4A级风景区。我在想，等到千百年以后，当人们再来江夏灵山看风景的时候，也许就有了神话的底色和神话的温度。所以，相比之下，江夏的灵山是不是更值得我们来赞美呢？

听完凤凰涅槃般的故事，我不禁脱口而出：江夏的灵山真灵！你不要以为，这是神仙显灵、灵验的意思，上海话中的"灵"字是很好、很棒的意思，如果再换一种上海话来评价，那就是：江夏的灵山太嗲啦！

南　昌

　　很长时间以来，总以为"江西"之"江"，是指长江，意为长江以西。但是查了查地图，发现江西在长江以南，这才突然明白过来，人家这个"江"，有着"江南"之意。我长期生活在江南，怪不得到了江西省会南昌，风土民情，人文历史，自然山水，无论从哪一方面去考量，感觉比江南还要江南。

　　我认识的第一个南昌人姓胡，他家具体在哪里已经不记得了，只记得人特别帅气而俊朗，没有任何的黏糊感，而且带着许多侠气。我开始以为，不过是个例外而已，但是先后到过江西的上饶、抚州，如今再来南昌，交往了大量的南昌人，包括男人和女人，给我的印象都是如此。尤其南昌女人，还都很漂亮，显得干净利落，而又柔中带刚、刚里含情。我怎么比喻南昌人呢？感觉是那种横竖都产生不了阴影的物质。没有阴影的物质很多，比如光，比如空气，比如无色玻璃，比如干净的水。

　　说到水，我想到一句话：仁者爱山，智者爱水。凡多水的地方，都是富有灵气的，突出的特点是美丽富饶，而且多出才子和佳人。我印象最深的，江西是一个多水却无海的地方。河流特别稠密，发源于境内的就有赣江、抚河、信江、饶河、修河五大水系，最后注入鄱阳湖，再经湖口县汇入长江。大大小小的湖泊也是星罗棋布，最有名的就是中国最大的淡水湖鄱阳湖。南昌的湖更多：东湖，西湖，贤士湖，青山湖，象湖，梅湖，艾溪湖，瑶湖，九龙湖，军山湖，前湖，长春湖……

尤其是一条南湖路，每到灯火阑珊的时候，在那些临水而居的民宅里，茶馆，小酒馆，咖啡屋，纷纷点亮一盏盏旧时光，三五好友坐在阁楼上，品茶、饮酒、低语，或者一言不发，透过窗棂静静地看着湖中的风波灯影。再远一点是湖心岛，有一个杏花楼，曾经住过一个才女，她的名字叫娄素珍，是朱元璋六世孙宁王朱宸濠的嫡妃。娄妃不仅是一个诗人，还是书法家，朱宸濠在这里为她修建了梳妆台，并特意派人前往苏州，把江南四大才子之一的唐伯虎，请来南昌做她的老师。娄妃在唐伯虎的指导下，诗书画艺术都达到了很高的造诣，引得文人墨客们人纷纷前来拜会，对弈吟诗，抚琴作画，把才子佳人的风雅佳话传遍了大江南北。

有湖的地方多有天鹅出没，可谓是人间仙境。而且南昌，无论湖水还是河水，都特别干净、清明和平静。最为关键的是，不像有些地方，水一多，地就软，而这里的水流过之处，从不拖泥带水，显得坦坦荡荡、一片明媚，真是神仙下凡的首选地。

我最近一次去江西，是到方志敏的老家上饶市弋阳县领取方志敏文学奖，这次感受特别好的，不是获奖，而是关于方志敏的描述：方志敏身高一米八二，高大英俊，才华横溢，在任闽浙皖赣苏维埃主席的时候，身着白衣西装，骑一匹白色高头大马，挥着一杆枪驰骋沙场，所以被大家称为"白马王子"。方志敏青少年时就道出了自己的志向："心有三爱，奇书、骏马、佳山水；园栽四物，青松、翠竹、洁梅兰。"如此高尚的道德情操和理想追求，和那方水土绝对一脉相承。

重点还是说说南昌吧。"豫章故郡，洪都新府。"看滕王阁，不在三江笔会的行程里，我又是第一次到南昌，所以听说离滕王阁不远，于是午休了一会儿，做了一个小小的秋梦，便溜出了宾馆大门。

　　我本来想扫一辆共享单车的，没有想到刚一出门，便发现了一个小小的惊喜——在门外和煦的阳光下，竟然停着一辆"小马驹"，昂着头，橘黄色，油光发亮，似乎真像一匹马在静静地等着出行的主人。在西安，在上海，在其他任何地方，司空见惯的是东倒西歪的共享单车，而南昌提供的竟然是共享电动车，尤其电动车的造型，又时尚，又干净，还有一个漂亮的头盔，而且起步价两块钱。

　　我扫了一辆"小马驹"，突突地骑着穿街过巷，真是惬意拉风极了，十来分钟就来到滕王阁前。滕王阁，始建于唐永徽四年（653年），为唐太宗李世民之弟滕王李元婴所修，因初唐诗人王勃所作《滕王阁序》而闻名于世，与岳阳楼、黄鹤楼并称为"江南三大名楼"。滕王阁果然和想象的一般巍峨，不过，也没有什么意外，无非"层峦耸翠，上出重霄；飞阁流丹，下临无地。"

　　所以，我拾级而上的时候，突然就改变了主意，每游亭台楼阁之时，必然要登高望远，如今何不放低身段、拉开距离，好好地仰视一回呢？更何况，读了《滕王阁序》，便知道王子安先生，当年必定是登了滕王阁，才灵感爆发、才气爆棚的，后来世人每游至此，也都是登上滕王阁而俯视着脚下的赣江，却很少有人站在赣江的角度，用一条河的眼光，试着体会一滴水是怎么打量滕王阁的。

　　岸边是设了栅栏的，我绕着滕王阁转了大半圈，然后顺着栅栏走了两百多米，终于找到了一扇门。或许不是正常的门，而是不善于翻越的人，拆出来的一道缺口。出了门，沿阶而下，便可以来到江边的沙滩上了。沙滩并不连贯，而是随着江水的弧度，形成了几块小小的"臂弯"。秋天的赣江，因为一片湛蓝而显得那么平静，已经很难区分上游和下游，不清楚是朝着东方还是朝着西方流去的。但是，平静并不代表迟钝而僵硬，反倒是随着秋风暗暗一撩，那微波便荡漾了起来。

　　尤其是太阳，缓缓地弯下腰，拍打着水面的时候，像拍打着一群精灵，说，孩子们，跳起来吧。那些浪花就真的欢快地跳了起来。因为每一朵浪花里都藏着一面镜子，它们握着镜子使劲跳动的时候，一颗太阳就会生出一百颗太阳、一千颗太阳、一万颗太阳。这些太阳变幻出了无数的状态，闪烁，耀眼，细碎，和煦，再也不像太阳了，而像是刚刚熔化出来的金水。此时的赣江，也不再像一条江，而像一个冶金的熔炉。

我喜欢把手伸进水里轻轻地划动，或者光着脚丫子在水中徜徉，以此来测试水性，制造一点波浪。我测试过的水，有湖，有江，有海，有小河，人世间的水看似相同，都向着低处流，实则和人一样，性情是完全不同的，有的阴暗，有的豁达，有的黏糊，有的爽朗，有的柔顺，有的倔强，有的温和，有的冷静，有的惆怅，有的忧郁，有的激烈，有的宽厚，可谓是千水千面。

我不会游泳，对深水有先天性的恐惧，所以不敢赤脚下水，只能把手伸进赣江中，像一条鱼一样摆动着。顿时，有一股清凉、凛冽之气，麻丝丝地渗入了我的手心，再由手心慢慢地传遍全身，流入了我的血流里。很明显，这与其他地方的江水不同，其他地方的江水像在热水瓶里放久的温吞水，而赣江的水令人有一种似曾相识的感觉，一摸便能摸出它的清澈、它的干净、它的源头。呵，对了，这不就是故乡的小河给我留下的回忆吗？

我家房后有一条小河，不算是泉水，也不是有源头的河水，而是从一个山洞里流出来的，从来不受旱涝灾害影响，一年四季咕咕地流动着，而且冬暖夏凉，暖是那种爽朗的暖，凉是那种瘆牙的凉，我们夏天在里边洗澡，秋天在里边摸鱼，冬天在里边洗衣服，平时吃的水也都是从那里挑的。我非常奇怪，故乡的小河和大多数河流一样，由西朝东而流，先流进丹江，又并于汉江，最后在武汉汇入了长江。而赣江可以说是逆流向上，是真正的"北上"之江，由南朝北流经瑞金、赣州、南昌，最后在九江汇入长江。汉江和赣江都属于长江支流，二者是毫不交汇的，但是我为什么从赣江中摸出了故乡的感觉呢？

我恍然大悟，人世间的任何一条河，河里的任何一滴水，它们走过的路其实是圆形的。前一半的路在大地上，后一半的路在空中，组合起来就是一个完整的圆。山泉流入河，河水汇于江，江水注入海，水的一生其实才走了半圈。大海是前半圈的终点，而又是后半圈的起点。每一滴水注入海中，然后再升华而起，进入茫茫空中，变成云。白云，彩云，乌云，在空中飘啊飘啊，似乎要绕道唐宋，绕道明清，绕道天庭神府，经过洗礼以后，然后以雨、以雪、以雾，以透明、以洁白、以朦胧的姿态，再次降落在大地上，像一个个得道成仙的人返回了人间。

从这个角度来说，汉江与赣江都汇入了长江，最后都归于东海，说明故乡的水与赣江里的水实为一家。最起码说明，它们是沾亲带故的，是有着血缘关系的。外省人喜欢把江西人亲切地称为"老表"，我们那里能叫老表的，都是姑姑、舅舅、姨娘家的孩子。所以啊，赣江其实就是我们汉江的表哥、表弟、表姐、表妹。亲戚之间是要走动的，我故乡的小河通过天空，降落在了赣江也未可知。而赣江的水朝上流去，浩浩汤汤地去了哪里呢？说不定，此时此刻，正在秦岭山中走亲戚呢。

我这么绕，似乎有一点牵强，但是想说的也就一点，我喜欢赣江，喜欢它的蓝，喜欢它的清澈，喜欢它的凛冽，这让我对赣江十分亲切，宛如回到了故乡的小河边一样。我是以主人的心态站在赣江边的，我和赣江一起回过头，以一滴水升上天空的逆流而上的姿势，仰望了一眼滕王阁。呵，天啊，这座威武的建筑，如果不仔细去辨认的话，多么像一顶巨大的官帽，绿色的帽顶，土红色的帽身，翘翘的帽檐，此时太阳正好落在楼顶，像给帽子安上了一颗璀璨的珍珠。

我看了一眼这顶"帽子"，顿时有种加冕的感觉，而这种感觉是古老的。所以，我在赣江的水里还摸出了古老的味道。我顿时明白了，正因为赣江的存在，即使日月不停奔流，时光不停逝去，但是一切并未消失，反而以倒影的形式深深地浸润在了每一滴水中。所以，无论是滕王阁，无论是王子安，无论是一草一木，无论是一灯一盏，无论是每一个游人，甚至是每一粒尘埃，人世间一个，水里一个，天上有一个。

　　这像是三面镜子，在相互的映照中，王子安不止三个，滕王阁不止三个，赣江不止三个，江中的鱼不止三条，鱼的眼睛不止三双，组成了一个无比繁复的世界。三江笔会期间，我们还看了汉代海昏侯国遗址博物馆、八大山人纪念馆、汪山土库、中国毛笔文化博物馆、兰溪谷楠树坪古村、明清文化园等，充分领略了南昌丰茂的文化枝脉。呵，豫章故郡，洪都新府，因为一条赣江的穿过，南昌早已经不止一个，更不是三个五个，而是被复制出了一万个。

　　太阳已经落下了地面，晚霞像一抹胭脂一般，把天地之间的那条裂痕淡淡地抹去，真应了那句"落霞与孤鹜齐飞，秋水共长天一色"。不过，我一直等到了天黑，等到了灯火阑珊，还是没有等到一只"孤鹜"。"孤鹜"去了哪里呢？在离开的时候，我突然灵光一闪："孤鹜"是谁？我是谁？离王勃写出《滕王阁序》，毕竟已经过去了1348年。我和那只孤鹜之间会不会已经互换了身份呢？

抚　　州

　　如果觉得女娲抟土造人仅仅是一个神话，人不是用泥巴捏出来的，不过也应该是从泥土里长出来的，起码是在泥土里摸爬滚打了几万年走过来的。所以，要了解一个地方，必先看风物水土，然后还得看人。毕竟一方水土滋补着一方人，而一方人又反过来侍候着一方水土。

　　早在春天的时候，朋友就来问我，有没有空去她的老家走一趟。她的老家在赣东，叫抚州，我之所以答应下来，原因之一是她人好，好人自然生于好地方；原因之二是好奇一个"抚"字，用在地名上到底是什么意思呢？我当下就用"抚"字组了几个词：抚摩，抚慰，抚养，抚育……这几个词，似乎都有着浓浓的化不开的情感。

　　天下地名者，要么以名山大川而命名，比如山东、江西，要么以美好的寓意而取名，比如福州、长安。而"抚州"到底是因何而起的呢？我查了一下，抚州确有一条抚河。不过，抚河古名叫汝水，隋文帝开皇九年设置了抚州后，此河才逐步称之为抚河。这有点像中国的古代和现在的西方，妇随夫姓。这么一想，抚州和抚河，便有了性别。抚州为男性，抚河为女性，似一对夫妻，妇围着夫转，夫护着妇行。这就是大家通常把河比喻为母亲的证据之一吧？

　　先有抚州再有抚河，这不过是命名的次序，而抚州的母亲自然是抚河了。我经常告诉年轻人，要看一个女孩未来会变成什么样子，最好先去看看她的母亲。同理，要想了解一方水土，首先要看的是母亲河。到了抚州，我最急切的自然是想好好地游游抚河，虽然我和抚河只有浅浅地擦肩而过的接触，这已经给我留下了深刻的印象。

第一，抚河是一条低调的河。我第一次见抚河，那是一个上午，清晨的时候下过一阵雨，我们还在议论天气预报真准，等到出发的时候那雨说停就停了下来，而且洒下了夏天特有的橘黄色的阳光。我们就是在温润的阳光下坐着车跨过抚河的。我看着宽阔的、茫茫的水面，还误以为车过长江呢。即使真是长江，似乎也没有这么宽阔吧？

没有见到抚河之前，每听到抚河的名字，脑海里总会冒出一条扫来扫去的狼尾巴。这是北方人的思维，因为在我们北方即使流水成河，也时断时续、时干时枯，比如我的故乡丹凤县，有一条不过丈把宽的河，竟然大言不惭地叫了丹江。于是，我很疑惑地问，水这么大，为什么叫抚河，而不叫抚江呢？但是当地的朋友笑而不语，我只能用"低调"两个字来理解了。

第二，抚河是一条深邃的河。抚河并不因为宽阔，而失却了深邃，那满满的一河水像斟满了的酒杯，稍不注意就要溢出去似的。这让人联想到了三个词——丰盈，丰腴，丰满。其中有两层意思：一是说明抚河水汪汪，二是说明抚河生得福态。像一个女人，水汪汪则生命力或者生育力强，福态则有旺夫之相。所以，抚河流经的两岸，可以说是芳草萋萋，蝴蝶、水鸟翩翩飞舞，而且一片祥和气象，稻香鱼肥，五谷丰登。

其实，抚河给我的感觉比长江要好，她似乎兼得了湖和河的优点，水面多了几分湖的平静和安宁，也有着河的清澈和湛蓝。而长江，也许只顾着滚滚向前吧，则多了几分长途跋涉的风尘感、疲惫感和沧桑感。此季，在北方，应该还带着几分凉意，抚州的最高气温就已经三十多度，真正地进入了仲夏时节，但是把手伸入抚河的水中，你就会发现抚河是清凉的，这种清凉只有美玉才有，而长江的水却有了几分闷热。

　　第三，抚河是一条"倒流"的河。不管怎么说，抚河也是长江的支流，发端于武夷山与零山之间的谷地，流经广昌、南丰、临川、南昌、进贤等县市区，在进贤县流入青岚湖，再流入鄱阳湖，然后继续向前流去，三百余公里的样子，也就到了长江。在我的印象里，中国的地势都是北高南低、西高东低，呈阶梯状分布的，所以无论长江还是黄河，无论翻多少山、绕多少弯，都是由北朝南、由西朝东一路流下，最后才注入了大海的。

　　但是，抚河不同，竟然是由南朝北而流的，真正称得上是"北上"了。由南朝北或者由东朝西而流的叫倒流河，也可以说是逆流河。我在陕西紫阳县见过一条倒流河，也没有什么可神奇的，那其实是顺着山形地势，河呈 V 字形流过而形成的。我突发奇想，抚河如果不北上，而是按照常规一路南下，那会是什么结果呢？因为从地图上可以看出，从抚州一直朝南的话，是临海而居的厦门和福州，抚河到南海比到东海的直线距离更近。抚州少山，也少峡谷，地形以丘陵、山地为主，抚河为何要"倒流"，或者说舍近求远呢？这肯定有着其地理的因素，但是我却理解为一种逆流向上的精神。

　　我们说完了抚河，再来说说抚州人吧。到了抚州，刚刚出了火车站，就看到一条标语"才子之乡"。我暗暗地思忖了很久，刚刚还说抚河低调，怎么现在又自诩是"才子"呢？我不敢轻慢，用手机百度了一下，然后又查了一点资料。不查不知道，一查立即被吓了一跳：

　　抚州历史上培育出了 7 个宰相、14 个副宰相、3000 余位进士。著书立传的学者有 300 多人，著述 481 种，5580 多卷，其中 65 种 770 多卷被列入《四库全书》。有资料记载，历史上有科考制度以来，全国进士有 10 万人，其中江西有 1 万人，占全国的 1/10，而抚州又占江西的 1/3。涌现出了词坛巨擘晏殊、晏几道，人称"百世大儒"的哲学家、思想家陆九渊，戏剧家、文学家汤显祖等一大批名儒巨公，历史上著名的唐宋八大家，抚州就有两家，王安石和曾巩……看到这些数据资料，你还会觉得人家是自吹吗？接下来的访古问今，更加可以证明，称之为"才子之乡"，从古人的角度看名副其实，从今人的角度来看，只有抚州配这么叫吧？

这次到抚州，采访重点是临川区。临川的建制，远远早于抚州，后来几经交替更换，致使临川屈居于抚州之下，成了隶属于抚州的一个区县，如今是抚州市政府所在地，全市政治、经济、文化的中心。我们的第一站是参观临川一中和临川第一实验小学。临行前，我们对此是不以为然的，在别的地方采风，多安排看新农村建设和厂矿企业，起码也是参观高校的高科技实验室，但是如今要看中小学，这能有什么花头呢？

但是刚一进临川一中，我们就被震惊住了。震惊我们的不是遇到了神童，也不是听到了久违的琅琅的读书声，相反，正值周末，整个校园十分安静，只有旁边的篮球场上响起了拍打篮球的声音。我们走进教学楼大厅，立即被走廊上的展板所吸引，上边贴着几份试卷，英语、语文、数学，不仅仅都是高分，而且卷面干净得像是印刷出来的。我立即拍了照，转发给了儿子，希望他以此作为榜样。

试卷只是其中的过程，但是有一串数字足以令人敬仰。临川一中历年被北大清华录取的人数为：2003 年 6 人，2004 年 12 人，2005 年 14 人，2006 年 24 人，2007 年 38 人……2013 年 41 人，至 2015 年的 12 年间，共有 345 人之多。更加神奇的是，这些年临川一中共考出了 8 名江西省高考状元。在展板里，我看到一张表格，是 2022 年临川一中的高考成绩单，其中有 13 人被北京大学录取，4 人被清华大学录取，10 人被复旦大学录取，10 人被上海交通大学录取。不仅如此，在素质教育方面，也可以说是成绩斐然，在举重、摔跤等体育赛事中，临川学生曾取得过全国第一名。

这样一个区县级学校，竟然取得这么好的成绩，到底是什么原因呢？我在他们的心理疏导室里，似乎看出了一点端倪。心理疏导室很简陋，比较惹眼的是摆着几台按摩椅，坐垫已经被磨破了皮，可见使用率之高。老师告诉我们，有些孩子压力大，睡眠十分差，但是坐在按摩椅上，听一曲舒缓的音乐，便能呼呼大睡了。老师说，教育孩子的关键，是教他们拥有一个强大的心脏，只有孩子自身具备了足够的心理能量，他们才会爆发出无穷的学习动力。

我们中间有几位作家朋友，就是临川一中毕业的高材生，他们说起自己的母校，满脸都是自豪和神圣。还有一位朋友说，临川一中给她留下的最深的记忆，是在一座教学楼的走廊上，同学们写下的几个"不甘"，走上社会以后每次想到这两个字，她的内心都会为之一颤。

临川一中只是抚州教育的一个窗口，这里的教育之所以如此发达，在不远处的临川第一实验学校，我似乎又找到了真正的答案。走进学校，令人十分羡慕的是，首先映入眼帘的一幅巨型浮雕，上边雕刻着的便是王安石、晏殊、汤显祖和曾巩，学生们在历史文化名流的眼皮底下进进出出，自然会饱受熏陶和耳濡目染，正所谓心中有榜样，奋斗有力量。

我们的第二站才是看古人，参观王安石纪念馆和汤显祖的纪念馆。参观王安石纪念馆，令我印象最深的有两个故事，其中一个故事大家耳熟能详，是关于王安石的散文《伤仲永》。《伤仲永》意在告诫人们，不能单纯依靠天资，而偏废了后天的教育和学习。据当地人考证，方仲永确有其人，生于江西金溪，而金溪是王安石外公的老家，所以文中才有"于舅家见之"。这篇文章道出来的教育理念，似乎与数百年后的临川一中是一脉相承的。

第二个故事是讲王安石考取功名，他参加会试考中了进士，被阅卷的考官判为第一名，当时的主考官是抚州同乡晏殊，本来中状元是铁板钉钉的事情，但是试卷呈送到宋仁宗手中的时候，文章里有一句"孺子其朋"引起了皇帝的不悦……"孺子其朋"出于《尚书·周书·洛诰》，原文是"孺子其朋，孺子其朋其往"。原文的意思是，你个小孩子，自今以后要与群臣融洽相处。王安石是想告诉皇帝，只有和大臣和睦相处，才能把国家治理好。皇帝一看，不高兴了，想把王安石的状元之名给撤了，但是第二名和第三名都是在职人员，按照当时的科举制度，在职人员不能中状元，最后就和第四名的杨寘进行了对换，王安石便这样与状元失之交臂。

　　我这里特别要说的是，杨寘是晏殊的女婿杨察的亲弟弟，最初得知自己没有获得第一名，心中十分恼怒，趁着喝了点酒，大骂王安石是"卫子"（卫子是驴的别名）。与之形成鲜明对比的是，王安石不仅自始至终没有半句怨言，而且从来没有提起过自己的状元被替换一事，要是放在一般人身上，最起码会因为中了状元嘚瑟几句的吧？这足以可见，王安石的宽阔胸怀以及谨言慎行的政治智慧。

　　抚州之行，最令我敬佩的是汤显祖，我们习惯称他是中国版的莎士比亚，但是我们应该反过来说，莎士比亚是英国版的汤显祖。因为，汤显祖毕竟比莎士比亚年长14岁，而他们又都是1616年去世的。

　　汤显祖是进士出身，不仅精通古诗文，而且精通天文地理，是非常难得的一个大才子。他如果糊涂一点，圆通一点，也许可以做个好官大官，但是偏偏看不惯官僚腐败，非要上书《论辅臣科臣疏》，触怒了皇帝而被贬，最终怀才不遇，愤而弃官归里，潜心于戏剧及诗词创作。我觉得，这对于汤显祖，是不幸也是大幸，成就他的不仅是坎坷不平的人生命运，最重要的还是知识分子的气节和担当。

　　汤显祖代表作，自然是"临川四梦"（《牡丹亭》《紫钗记》《邯郸记》《南柯记》），这四个剧本都是讲梦的。汤显祖在《牡丹亭记题词》里说："情不知所起，一往而情深。生者可以死，死者可以生。生而不可以死，死而不可以复生者，皆非情之至也。"情中的梦，梦中的情，令人怦然心动，所以在当年便圈粉无数，许多粉丝来信找汤显祖。比如娄江女子俞二娘，悲伤于杜丽娘的遭遇，"愤惋而终"，年仅十七岁；内江有一女子，爱慕汤显祖的才华，有了非汤显祖不嫁的念头，汤显祖则以自己老了而拒绝。

　　"四梦"之中，尤以《牡丹亭》最为有名，经过改造和演绎后，至今在各剧种中还长演不衰，不能不说是中华文化的一个奇迹。这不，我正在前往南昌机场的路上，收到了著名青年昆曲艺术家张冉的信息："兰情冉冉——张冉昆曲艺术系列专场演出将在上海兰心大剧院拉开帷幕，演出时间为6月2日—4日，演出曲目有《贩马记》《牡丹亭》《玉簪记》，我将分别扮演李桂枝、杜丽娘、陈妙常，诚挚邀请你前来欣赏指导我的演出……"于是，我毫不犹豫地选择了《牡丹亭》。

　　离别临川之时，我在大街上看到了又一幅标语——一个有梦有戏的地方。有梦有戏，不仅仅是指汤显祖等名儒巨公留下来的丰富的文化遗产，更指才子之乡抚州是一个有理想、有希望的地方。

长　治

1

我是第二次到山西，第一次到长治，高铁穿过夏天的郁郁葱葱，走走停停了八个小时。我在上海有长治的朋友，他听说我要去他的老家就特别挂念，不时地问我，你到哪里了。我说到盐城了、到商丘了、到焦作了。我看他应该是想家了，就问了他家的具体地址，说顺路的话就代他回家去看看。他不仅发了家里的地址，还发来一张照片，照片上是几间土木结构的平房，和我老家一样，已经破烂衰败，如今已经空无一人，只有门前的水库，依然蓝汪汪的，深不见底。可惜，我查了一下地图，他家所在的襄垣县，离长治市区有几个小时的车程，而且不在我们这次采风的路线上。

我第一次到山西，还是十五年前，我当时在报社负责新闻采访，创办了一个栏目叫《爱心档案》，有一天接到一位上海女孩的来信，说她在山西一个叫婆婆村的小学支教，那里的孩子们特别艰苦，没有书读，没有文具，没有午饭，尤其旁边的村民没有水吃。接到信后，我们发动了一次捐助活动，没有想到的是，在短短几天时间，捐助的学习用品堆积如山，其中有一个中学退休老师，捐助了五千块钱和一台手风琴。那天下班以后，已经是华灯初上的夜晚，我们在办公室听他拉了一曲《莫斯科郊外的晚上》，特别感动。后来，我们雇了一辆大货车，我亲自押车，把钱和物送到了学校，孩子们接到礼物特别开心，载歌载舞地欢迎我们。

我想，长治位于太行山中，应该和婆娑村一样，长年缺水，土地贫瘠，山大沟深，到处一片荒凉，不长大树也不长小草，稀稀落落地长着酸枣树，汽车走过或者大风一吹，就是满天飞扬的黄土，人们的嘴唇都像被晒干的蚯蚓。所以，很长一段时间，我把长治都错误地看成了"长冶"，想当然地以为那里矿藏丰富，应该有不少煤矿和金属冶炼厂，大烟囱总在夜以继日地吞吐着烟雾。

但是我错了，彻彻底底地错了，从长治火车东站出来，怀疑自己是不是坐错了车，因为放眼望去，不仅看不到山，而且道路两边绿油油一片，到处都是现代的高楼大厦，尤其是空气，清新干净爽朗，风凉丝丝的，宛如兑入了麝香，也宛如一根根银针，轻轻地朝着皮肤里扎，让人恍惚以为已经立秋了。等来到下榻的地方，甚至胜过了江南水乡，湖泊，小桥，曲径，荷花，杨柳，鹅黄色的太阳雨，尤其在岸边漫步的市民，像荷花上托着的露水一样水灵。

我们入住的酒店不叫酒店，而叫滨湖文旅中心，紧邻着漳泽湖的东岸，散步的话，不经意间，就来到了湖边。当地的朋友说，可不要小看了漳泽湖，它的面积有 24.66 平方千米，约是四个人间天堂的西湖那么大。我推开窗子一看，不仅一眼望不到边，而且湖水清澈澄明，连临湖而生的花草树木的影子，沉入水底都不见了，这是一般湖泊能比的吗？

比漳泽湖更大更美的，是和漳泽湖连成一片的长治国家湿地公园。我参观过很多湿地公园，大多数都在南方水乡，无非是一片水草长在泥泞的沼泽地里。说干旱的北方有湿地公园，我开始表示怀疑，心想会不会名不符实呢？前往湿地公园采风，是被安排在第一天的下午。我来自江南的优越感再次遭到打击，据导游介绍，湿地公园面积 740 公顷，河道纵横，森林茂密，遍布多种植物，有成片的杞柳林和芦苇荡，长期栖息着野鸭子、黑鹳等 80 多种鸟类。

湿地公园的游览分为两部分。第一部分是步行，首先穿过一片森林，石板铺成的路边是碗口粗的白杨树，树身笔直、修长而标致，像清新帅气的小伙子，头上偶尔顶着一个鸟巢。树皮比普通的杨树要白，上边睁着无数的眼睛，有的像眨巴眨巴的星星，有的像戏曲中的花旦和小生正在对戏；顺着一条小河而生的是柳树，树身倾斜于河面，婀娜多姿的柳枝随风一吹，轻轻地撩拨着清清凌凌的水面，那河就不再是河了，宛如春心荡漾的秋波。接下来穿过一片杞柳林，走的是架在半空中的木板路，像女人裙子上系着的一条腰带。杞柳其实不是柳树，不过是杨柳科柳属的灌木，大拇指一般粗细，叶子也不像柳叶，而像夹竹桃，倒是开出的花像柳絮，可谓是"百花长恨风吹落，唯有杨花独爱风"。本是非常不起眼而又无用的一种植物，如果只有三五株，甚至几百株，都显得太平庸无奇，和杂草没有什么两样，但是它们密密麻麻、浩浩荡荡的一大片，望也望不到尽头，倒形成了气势壮观的风景。

游览的第二部分是去水中坐船。船驶过的水面时窄时宽，窄时似大河，宽时如湖泊，不论宽窄，水都是蓝色的。此时，白云堆在天上，像刚刚弹出来的棉花团，被下午的阳光烧着了；更像一幅彩色山水画，刚刚完成，彩墨未干。坐在船上，你不用抬头去看，也不用低头去寻，只需要凭窗而望，画就徐徐地打开了。因为云、云后的阳光、飞翔的鸟儿，空中有的，水中还有一个；每一根芦苇，每一棵树木，每一朵小花，地上有的水中也有一个。据介绍，公园里共有二十四座石拱桥，应了古诗"二十四桥明月夜"。这些桥，站在桥上看风景的人，甚至是那轻轻吹拂的夏风，同样是水上一个，水下还有一个。反正，此时的天，此时的地，此时的水，是三面巨大的镜子，不停地复制着万物生灵，然后完全融合在一起，制造成了一个全新的世界。所以我们已经分不清，是天湛蓝还是水湛蓝，彩色的是地还是水，更不知道我们行驶在天上、地上还是水中。

我们的船最后穿过一片荷塘，有的荷花还在盛开，有的已经开始凋谢，长出了金黄色的莲蓬，倒是田田的荷叶还一片碧绿，浮在清波荡漾的水面，上边兜着一颗颗露水，像捧着一颗颗钻石。我们上了岸，步行回酒店又穿过了一片田野，格桑花，海棠，野葵花，还有玉米和高粱，悠闲而散漫地长了一地。大家真是一点也舍不得离开，有人十分感慨地问起了长治的房价，似乎要在此地定居的意思。随行的朋友指了指不远处的高楼，告诉我们，他家就在那里，几年前买的时候不贵，只有几千块一平米，经过自然生态修复，昔日荒郊野滩，已经变成了紧邻市区的国家城市湿地公园，他们的小区也随之变成了景观小区，所以已经涨到了一万多块一平米。

前一天从火车站出来，朋友已经主动地介绍起了长治。长治寓意长治久安，古代叫上党、潞州、潞安府，晋冀豫三省交界，位于上党盆地中，东倚太行山。我刚来两天，发现长治人引以自豪的，除了自然环境的变化，还有"神话之乡"的称号，他们认为这里是女娲补天、神农尝草、精卫填海、羿射九日、大禹治水等神话故事的发源地。我突然醒悟，太行山又名五行山，是把孙悟空压了五百年的那座山，太行山又名女娲山，是女娲炼五彩石补天的地方，补天剩下的那块五彩石最后成了贾宝玉的通灵宝玉。

我觉得，任何神的源头都是"人"，都是有事实基础和精神根脉的。

比如说女娲补天，她补的其实不是天，也许补了某一段江河大堤，改造了某一片天地，为子民们谋取了幸福。她的事迹经过一代代人的口口相传，把"人话"演变成了"神话"，寄托了人们对于战胜自然、改造世界的美好愿望。

我好奇地问，漳泽湖是人工湖还是天然湖？当地的朋友介绍，漳泽湖是由废弃的水库改造而来的。前几天，我采访著名作家王旭烽的时候，她告诉我，没有人力的作用，杭州包括西湖是不存在的，人间天堂其实是一个"人造天堂"。所以说，漳泽湖和长治国家湿地公园，过去的一片滩涂和一个废弃的水库，在长治人不懈地努力下，如今变成了美丽的风景、美丽的家园，这不是女娲补天的延续和当代神话又是什么呢？

2

中午，阳光稠巴巴的，像玉米糊糊一样透着香气，只有一朵白云像茉莉花似的别在天边。我们终于来到了长子县，爬上了太行山的仙翁山。长子县位于上党盆地西侧，上古时期尧的大儿子丹朱，受封于此而得名。爬到仙翁山的半山腰才知道这次要看的，不是山，而是石头。我总是喜欢石头，何况此山的石头是化石，有着石头的质地，又有着树木的形状，这让我格外的激动。

据介绍，仙翁山25平方千米范围内，至今发现的裸露在外的木化石有200多株，最大的一棵直径就有1.24米。挤出烟，挤出水分，挤出黑色有毒的情绪，挤出一切容易流逝的东西，变成化石还有这么粗，可想而知它活着的时候有多大。这棵树平躺在一个坑里，呈灰白色、半透明状，像中年人的白头发。透过玻璃罩朝里看，它只剩下树干，枝枝叶叶早已经不见，更像一根巨大的皑皑白骨，透过折断的地方看，一道道年轮依然十分清晰。我们参观过出土的坟墓，骨头就是这种颜色和这种形状，唯一不同的是，可以看出人被活埋时候的痛苦和挣扎，而这些树比它们活着的时候更加安静，它们活着的时候还会随着风轻轻地摇晃。

也难怪，这里的木化石是两亿五千万年前形成的，而那时候人类进化到什么程度还不清楚，大家普遍认可人类起源时间是 700 万年以前，可想而知这些树比人类的历史要古老得多，那时候也许还没有人傍树而居，还没有鸟儿在它们的肩头跳动，在浩森而漫长的时光长河里，它们是孤独的。不过，木化石的成因很简单，是在某种地质运动中，比如突然暴发的泥石流，比如一场天翻地覆的大地震，树木被迅速埋入地下。这无异于一次活埋，然后在高压、低温和缺氧的环境下形成，又经过千万年的风雨剥蚀，慢慢地露出了地表，我们才幸运地见面了。

我看着这些已经变成石头的树，无法想象它们曾经经历了什么，但是我很明显地看到了它们沧桑的纹理和坚硬的内心。如今的仙翁山上，依然郁郁葱葱地长满了树，我不知道这些木化石的前生与这些活着的树是不是属于同一个品种，但是它们之间应该有着某种血缘关系，也可以说这满山的树木都是木化石的子孙。谁知道呢，说不定啊，我们也是木化石的子孙，是由它们身上的果实或者虫子进化而来。

我喜欢石头，不是喜欢石头的不朽，而是喜欢石头无处不在，并且看上去毫无用途和意义。所以，每到一个地方，我都要捡一块石头，无论是奇石还是丑石，只要是石头就行，然后带回家，在上边贴上标签，写明何时所捡，捡自何处，也算是一种纪念。我爬进旁边的树林子中间，准备从草丛中捡一块石头。这时候，有一位陌生的朋友，以为我要逮蚂蚱，因为此时正值盛夏，是蚂蚱到处蹦跶的季节。他逮住一只大蚂蚱递给了我，告诉我，蚂蚱吃素，不吃肉，所以不会咬人。但我还是非常害怕，我不是害怕它咬我，而是害怕它在挣扎的过程中拧断了大腿。它的大腿是多么有力。我想，没有大腿的蚂蚱，肯定蹦跶不了了，应该是生不如死吧？

我拿来一个矿泉水瓶子，让朋友用香烟烫了两个洞，左边一个，右边一个，算是为它开了两扇窗户，既方便通风透气，也方便向外张望。我把蚂蚱放了进去，并给它起了一个名字叫小仙，因为它的家乡是仙翁山。空瓶子，对于人类算是垃圾，对于小仙而言，无异于住进了高级别墅。但是它并没有安静下来，反而更加烦躁了，两条后腿使劲地踢着，两条触角像孙悟空生气时使劲摇摆的两根翎子，而且多了一小块黑色的粪便，估计是尿裤子了吧。我为了安抚小仙，切了一小块西瓜放进去，这应该是它一辈子也没有尝到过的美味。

我们的午饭是在长子宾馆吃的，吃完了饭在宾馆里午休。我很快就进入了梦乡，却被一阵嘭嘭的声音吵醒。我以为是小鸟敲击我的窗户，或者是硕大的雨点砸在地上，但是睁开眼睛细细一听，声音竟然来自矿泉水瓶子。我惊奇地发现，小仙正在一下接着一下，用头使劲地撞击着瓶底，急切，凶猛，决绝，有种以死相逼的味道……我本来查询过，小仙是可以带上飞机的，我准备把它带回上海养着，看看能不能治愈一点我的城市病。

但是，我被小仙的举动吓得心惊肉跳，我赶紧带着它走出酒店的院子，找到一片茂密的树林，把瓶子打开了，把它放了出来。小仙站在草丛中，转过身，回过头，停留了足足有一分钟，也许是头被撞晕了，也许是被囚禁得有点懵，我感觉更像是一种不舍和告别。它似乎对我说了一声"再见"，然后两腿一蹬，跳入草丛中不见。小仙不见了，大家都问起来，我说是放生了。大家就不停地议论，有的说你那么喜欢，放生干什么啊？有的说蚂蚱有自己吃掉自己的习惯，它们会先吃自己的右腿再吃自己的左腿。

我只是笑笑，我不是矫情，我对小仙充满了担忧和愧疚，它的家乡仙翁山距离此地有三十分钟的车程，在它的世界里，这段距离应该叫做远方。即使它跳得再快，恐怕也回不了家，即使有能力回家，它还认得回家的路吗？我想，它和我多么相似，我被时代的巨轮从秦岭山中，带到了一千三百公里外的上海，它被我们人类从仙翁山带到了几十公里外的小城，从此我们都拥有了一个遥远的故乡。更重要的是已经立秋了，风已经添了几分凉意，秋后的蚂蚱蹦跶不了几天了，它和我们这些浪子一样，也许会死在寻找故乡的路上。在仙翁山没有捡到石头，却收获了一段夏天的记忆。离开长子县前往下一站的路上，我默默地回忆起自己写过的一首叫《木化石》的诗——

那时候没有一件衣服/也没有羞耻和崇高/那时候除了身体，比如/老虎的牙齿，变色龙的颜色，狐狸的陷阱/大家都没有携带任何武器/也没有任何行囊/那时候没有任何身外之物/风、火、闪电和雷鸣/都混合在血液中/被储存在万物的体内/那时候甚至还没有人类/没有苍老和死亡/没有善也没有恶/所以没有鬼神和灵魂/那时候，只有一棵棵树/愿意把自己埋在地下/花费几亿年时间变成一块石头/光是树和石头共同的语言与歌声/我们人类恰恰不能发光/你看看那块木化石/我们以为它是一棵树，其实它是石头/我们以为它死了，其实它还活着/它唠叨个没完没了/而我们总以为它在沉默

长治这地方稀奇，要么一马平川、小桥流水，要么巍巍大山、万壑

千仞。太行山之行，我们先后去了壶关县荟千峡之秀的红豆峡、黎城县雄伟壮丽的黄崖洞兵工厂旧址，发现太行山的风景可用两个字来形容它的特点：石头！太行山之所以令人震撼，主要是因为全由石头组成的，有的土红，有的金黄，有的如雄狮怒吼，有的如大象迈步，有的笔直如刀砍剑劈，有的威武如行军的队伍，连那些无孔不入的流水也会哀叹着，化为泉，化为潜流，化为飞瀑，绕道而去。远看，你会以为太行山是碎石，经不起大风大雨，稍不注意就会坍塌下来。但是走近一摸，发现不仅坚硬如骨，天然地镶嵌在一起，而且上边镀了一层铁锈一样的包浆，所以像骨头与骨头之间那样是牢不可破的。

尤其是再来到平顺县的岳家寨，我对太行山的石头有了更深的认识。据说，岳家寨是岳飞后人避难的地方，绝对可以称得上一座石头城堡，石房子，石板街，石墙，石桌，石椅，石磨，石碾，石水缸，连厕所和猪圈也都是用天然的石板垒起来的，完完全全组成了一个石头的世界。岳家寨有一家十分优雅的民宿叫悬崖酒店，窗子外便是悬崖峭壁，放眼望去，犹如一幅壁画。按计划我本来要午休的，但是躺在画中，再也睡不着了，干脆在蝉鸣的陪伴下，在寨子里随意地走了走。

我顺着石头巷子走了几步，遇到一棵大树，石坡镇政府在树前立了一块碑，标明此树叫榔榆，榆科榆属，树龄1000年，属于国家保护古树。我掐指一算，民族英雄岳飞生于1103年，说明这棵树年长于岳飞，称得上是岳飞的兄长了。不过，整棵树看上去并不老迈，像一株巨大的珊瑚，坚硬而布满了气孔，尤其是树根像一条巨龙一样盘在地上。

榔榆旁边的院墙也是用巨石砌成的，很多石头上边都有漂亮的花纹。其中有一块，大概有方桌那么大，上边有鱼、水草和贝壳类的图案。我用水一冲一擦，宛如一幅版画。我估计，这里曾经不是山，而是汪洋大海，像木化石形成的过程一样，海底生物们经历过我们无法想象的灾难后，血肉之躯逐步化为了石头。

　　拥有化石的地方是无需雕塑的，每块石头都是亿万年前的鬼斧神工之作，就为了我们人类来欣赏和朝拜。我离开长治的时候，再三叮咛长治的朋友，希望帮我把捡到的两块石头寄给我，让我把对太行山的美好印象和记忆安放在石头里。在石头里安放的一切，包括家小，包括一盏灯，一生都是不会忘记的，甚至有可能永恒和不灭。

　　我真的太爱长治了，电视台让我说一句话，来表达我对太行山的感受，我对着面前的大山喊道："太行山，太行了！"我听到了无数的回音在太行山中回荡。

酒　　海

1

水积成海，沙积成海；火有火海，人有人海，佛有苦海。经过水与火，酿制而成的酒也有海。人们说起"酒海"一词的时候，自然是指陕西西凤酒了。

海，在新华字典里，最主要的意思有三层：大洋靠近陆地的部分；比喻一大片的很多同类事物；大的（器皿或容量等），比如海量、海碗、夸下海口。当然，还有姓"海"的，比如海瑞，是与包青天和于成龙齐名的刚直不阿的大清官；比如海印，唐朝末年的诗尼，有一首《舟夜》流传甚广："水色连天色，风声益浪声。旅人归思苦，渔叟梦魂惊。举棹云先到，移舟月逐行。旋吟诗句罢，犹见远山横。"当然，离我们最近的，还有一个诗人海子，海子其实不姓海，他的原名叫查海生——海生下来的人，自然是海之子了。海子也留下过一首与海有关的千古名句："面朝大海，春暖花开"。

不管是哪一层意思，大海汹涌，人海茫茫，火海熊熊，苦海无边，回头是岸，给人的印象就是很大、很多、很激烈、很澎湃、很浩瀚、很广阔……毕竟以海命名的湖也不少，比如说云南的洱海，北京的后海，新疆的可可托海，内蒙古的哈素海，世界上最大的咸水湖里海。它们都不是海，而是碧波荡漾的湖泊。所以，到西凤酒厂参观的时候，听说要去看看"酒海"，我以为酒厂里有一个景观湖，顶多，湖中荡漾着的并不是水，而是由酒汇聚而成的。或者湖边有一个品酒欢歌的亭子。看酒海，不过是去湖上泛舟、湖边漫步、亭中饮酒而已。

但是，等进了西凤酒厂，站在酒海面前才恍然大悟。酒海其实是一个个储藏酒的大容器。我参观过很多有名的酒厂，有生产白酒的，有生产红酒的，有生产黄酒的；酒窖有的建在地下，有的建在山洞里；装酒有的用瓦缸，有的用陶罐，有的用石坛，有的用木桶，有一些新建的酒厂采用不锈钢。但是，看到西凤酒厂的酒海，我顿时明白酒海为什么成了西凤酒的专有名词，因为他们储存酒的东西，非陶，非石，非木，非金属，而是用荆条编织的酒篓子，有点像放大版的发福的背篓，这在酿酒行业内可是独一无二的。

酒海一词并非现代人的发明，其实古代的文人墨客的诗文中已经有"酒海"的提法。比如唐朝白居易，在《就花枝》中写道："就花枝，移酒海，今朝不醉明朝悔。且算欢娱逐日来，任他容鬓随年改。醉翻衫袖抛小令，笑掷骰盘呼大采。自量气力与心情，三五年间犹得在。"小说《水浒传》第八十二回中写道："〔宿太尉〕叫开御酒，取过银酒海，都倾在里面。"清朝王浚卿在小说《冷眼观》第二十四回中写道："宸章道：'我们有约在先，可不许骂座的。你如今既破坏了定例，就得照约，每人罚你十大杯酒。'说着，就叫人往上房里去取了一椁十个白玉雕成的酒海来，每只当中都雕镂一个小玉和尚坐着。"我们已经无法考证，先有了古人的"酒海"，还是先有了西凤的酒海。不过，古人的酒海不过是小缸小瓮，而西凤的酒海才是名副其实的海。如今只有西凤把酒海一词沿用至今，真正地变成了一个"酒的海洋"。

2

西凤酒厂位于关中平原西部的凤翔县，现改县为区，隶属于宝鸡市。宝鸡一名的来历，有两名孩童为了逃避追杀，化为神鸡飞上鸡峰山之说；有安史之乱时，唐玄宗逃难到陈仓，石鸡助他脱离了叛军的围困之说；有安史之乱后，唐肃宗继位，鸡峰山突降祥瑞之说。不管是哪种说法，如今的很多人提起"宝鸡"，大都表示惋惜，陈仓，雍城，西虢，西岐，西府，古时候的任何一个名字似乎都比"宝鸡"风雅。大概理由是，再宝贝的鸡，毕竟是要被杀来吃肉的，而且长着翅膀吧，又飞不起来。但是，我倒觉得以"宝鸡"命名，是一种低调、一种务实也未可知。"鸡中之宝"不就是凤凰吗？人家完全可以叫凤凰，但凤凰毕竟是虚构之物。我说这话，可能有人说，明修栈道，暗渡陈仓，你叫陈仓，必定是宝鸡人，所以你才这么辩解。我得说明一下，我是陕西人不假，不过，我是陕南商洛人，商洛属于秦岭山区，而人家宝鸡属于关中平原。

宝鸡的点睛之处，我个人认为是凤翔县，而今改为了凤翔区。凤翔，古称雍州，是周秦的发祥之地、赢秦的创霸之区、华夏九州之一，相传秦穆公之女弄玉笛子吹得好，引来了善于吹箫的华山隐士萧史，知音相遇，终成眷属，双双乘着凤凰飞翔而去，唐时取此意更名凤翔。凤翔的历史可谓是十分悠久，先秦19位王公在此建都，秦始皇在此加冕，这也是苏轼上班工作的第一站。

而凤翔的灵魂所在，应该是西凤酒了。据说，西凤酒原名叫柳林酒，如今的西凤酒厂便建在柳林镇。"碧玉妆成一树高，万条垂下绿丝绦"。之所以叫柳林镇，是地边河畔柳树成林而得名，还是因为出了柳林酒而得名呢？不过，有一个传说，可以说明柳林酒历史悠久——相传唐代仪凤年间，波斯王子出使长安，在回国的时候，吏部侍郎裴行俭相送至凤翔，发现蜜蜂和彩蝶纷纷落地不起，非常好奇，经向路人询问，才得知附近有一家酒坊，酿出来的老酒，气味浓香无比，酒味随风飘散，蜜蜂和蝴蝶被酒风一吹，便纷纷醉倒，卧地不起。裴侍郎品尝了这家美酒以后，非常高兴，即兴吟诗一首："送客亭子头，蜂醉蝶不舞。三阳开国泰，美哉柳林酒。"裴侍郎回朝，又将几坛美酒献给高宗皇帝，从此柳林酒便身价百倍，被列为朝宴、国宴佳酿。因该酒产自西部凤翔，后来便改称"西凤酒"。凤翔至今还流传着一句民谚："凤翔有三宝，东湖柳，西凤酒，妇人手。"

直到 1955 年 4 月，西凤酒才迎来了历史中的转折，当年，周恩来总理参加万隆会议期间，听许多东南亚华侨提起西凤酒，说在外漂泊的游子，喝不到西凤酒特别遗憾。总理回北京后，亲自过问，要求加快西凤酒的发展，陕西相关部门立即组织专家进行了考察论证，发现西凤酒之所以出自凤翔县柳林镇，是因为这里的水文、土壤、地理、气候，是自然的酿酒圣地，离开这一环境，无论用什么技术，是不可能酿出西凤酒的。尤其酿造西凤酒所用的水，都是取自于凤凰泉，泉水自地下喷涌而出，清清凌凌，口味甘甜，有着天然的醇厚绵长。后来经过检测才发现，泉水中含有丰富的矿物质和微生物，更何况还沉淀着悠久的文化历史和美丽的传说。经过一年多的建设，1956 年 10 月，国营陕西省西凤酒厂正式开始了标准化生产，从此西凤酒成了真正的"酒中凤凰"。

我看到相关资料，秦汉时期，皇帝登基，太子加冕，都是要喝西凤酒庆贺的；还有在部队出征、祈求国泰民丰、施行国家祭祀之礼的时候，都是要以西凤酒祭天的。秦穆公建都凤翔的时候，常喝当地产的西凤酒，并作为奖励三军的奖品，所以士气高昂；秦王嬴政加冕的时候，在青铜金樽里斟满了西凤酒，举过头顶，一饮而尽，向世人昭示，亲自开始治理天下，随后花费了十几年时间，依次灭掉了韩、赵、魏、楚、燕、齐六国，完成了中华民族的伟大统一。同行的朋友说，秦之所以能灭六国，除了商鞅变法等原因外，应该还有西凤酒的功劳。我觉得她说的不无道理，因为酒壮英雄胆，打仗前和打仗后，好好地喝上一顿，战斗力肯定会得到大大提升。书法家、教育家、京剧艺术家欧阳中石，曾为西凤酒题了幅字："三杯能壮英雄胆，两盏便成锦绣文。"估计便是了解到西凤酒在历史中的作用而发的感怀吧？

　　所以说，西凤酒"三千年不断代传承"是名副其实的，每一滴酒就像血液一样，流淌在华夏儿女的体内。我们来凤翔的时候，迎来了大降温，初冬的天气十分冷，但是天特别蓝，云十分白，刚刚踏入城区，从风中便能闻出一丝甘醇的气息。有人惊喜地说："哇，是酒香！"这里的风似乎已经被酿成了酒，或者说凤翔的风像饮酒了一样。当这股风吹过大地，吹过一草一木，自然是一片茂盛、五谷丰登。刚刚进入凤翔，我还奇怪呢，大冬天里的，地里的麦苗像是在春天里一般，为什么绿油油地疯长着。原来，它们都是喝过酒的啊！想到这里，我不免抽了抽鼻子，深深地呼吸了起来。

3

　　在西凤酒厂，令大家赞叹不已的，便是他们的酒海了。存放酒海的仓库，是一排排平房，由青砖砌成，从外表看灰突突的，甚至有一些简陋，没有任何雕饰，没有漂亮的门窗，只有阳光照射在古朴的墙上，尽显岁月流逝而去的沧桑。进入仓库，光线是暗淡的，像是进入一个时间静止的隧道。酒海分为左右两排，摆放在隧道的两边，大概有三米高，两人合抱那么粗，每个可装五六吨酒，换算成五百毫升一瓶的话，可以达到上万瓶。从外表看，酒海像一只只巨大的瓮，只不过不是陶也不是瓷。

　　大家好奇地问出了第一个问题，酒海是用什么编织的？我小时候用竹子编过背篓，也用葛藤打过草鞋，所以对酒海的编织材料并不陌生。果然，工作人员介绍，编织酒海用的是荆条。荆条属灌木，拇指那么粗，短的两三米，长的七八米，叶子呈锯齿状，能开淡紫色的花，吸引蜜蜂也吸引蝴蝶，可见这是一种自带香气、招人喜欢的植物。廉颇"负荆请罪"时背着的"荆"，指的是荆棘而非荆条，它们样子比较像，而且常常长在一起，不过，也有差别，荆条没有刺，荆棘是带刺的。

　　据介绍，编织酒海的荆条可不简单。我们编背篓用的毛竹，是要爬到大山中采割的，山越高，尤其悬崖峭壁上长出来的毛竹，更加皮实，不容易折断，编出来的背篓就越好。采割荆条也一样，每年入秋以后，冷风一吹，寒霜一打，万木便就成熟了，荆条的叶子也便落光了。这是荆条采割的最好季节，酿酒师们便从凤翔出发，赶往秦岭北麓，爬上海拔 800 米以上的山中，挑选粗细均匀、条长少节的荆条采割下来，在大雪封山前运回凤翔，然后精心编织成篓。

　　有句谚语叫"竹篓打水一场空"，所以编织酒篓只是制作酒海的第一步，也是相对比较简单的一步。酒篓编好以后，先点一锅热乎乎的老豆腐，把荆条之间的缝隙抹平，再用鸡蛋清捣成粘糊糊的"胶水"，把比较好的白棉布糊在酒篓的内壁，等白棉布干透以后，再用麻纸进行裱糊。这个过程，让我想起了姐姐做布鞋。小时候，衣服破得不能穿了，姐姐便把破布撕开来，用糨糊一层层地糊成鞋底子，然后用麻线一纳，用鞋样子一剪，做成布鞋给我穿。裱糊酒篓更加复杂，需要自然晾干以后再裱糊一层，一直要裱糊一百层，最后还得以菜油和蜂蜡进行涂封。每一个酒海从开始制作到完成，都要耗去一年的时间，容量更大的"酒海"则需要两三年的时间。等到酒海制作好，经过制曲、发酵、蒸馏，最后装入酒海进行封藏。

　　大家好奇地问出了第二问题，酒海会不会漏？工作人员解释，酒海最神奇之处，便在于，装水则漏，装酒不漏。我想，之所以把好酒称为"琼浆玉液"，便在于它像水，而非水，像是用美玉制成的，有着美玉的质地。酒海神奇的制作工艺，像一台检测仪一样，立即会区分出哪一滴是水，哪一滴是如美玉凝结而成的酒。水是液态的，而酒是浆状的，自然是漏不出去的了。不过，正因为酒海会漏水，所以并非与世隔绝的，也不是静态的，更不是死的。可以说，它是会"呼吸"的。凡会呼吸的东西，便是有生命的，是活着的一种体现。酒海中储藏的不是酒，或者说是活着的液体，是富有生命的液体。它们通过那微小的只会漏水的嘴"呼吸"着，通过呼吸，与外边的世界进行交流，让水与火相融，让人与自然相通，让天与地交心，在这种过程中，完成新陈代谢，涤荡尘埃，排除杂质，平衡各种有益的物质，使香味醇厚修长、感觉绵甜爽口。

大家好奇地问出了第三个问题，这些酒海里的酒储存了多久？在酒海上的一张标签上很容易就找到了答案。我所看到的，是 1957 年建厂初期编制的酒海，距今已经有近 60 年的历史，里边储存的酒同样是那个年代，都属于国家二级文物。什么是文物呢？就是不害怕时间的流逝，甚至是逆流而上，所以时间越长就越有价值。液体是最容易流逝的了，所以酒能够成为文物自然更加珍贵。令我惊喜不已的是，看到一个酒海里储存是 1971 年酿造的酒，也就是说，这里边的酒与我同岁。我们不同的是，我越活越老，头发已白，满面沧桑，而它是历久弥香，越陈越好。我不禁感叹，如果能当一粒麦子，让酿酒师酿成酒，装进酒海里，那该多好啊，即使粉身碎骨也算是一桩幸事。

等到所有的问题一一得到解答的时候，我们才明白在前往西凤酒厂的路上，广告牌上写着"三千年无断代传承"果然名不虚传，仅仅一个酒海就把深厚的传统文化和人生哲学，展现得如此淋漓尽致。西凤酒名称来历，源自"凤翔于西府"之意。凤凰，《庄子·秋水》中说：南方有鸟，其名为鹓鶵。鹓鶵亦即凤凰之属，和凤凰是无异的。不过，经过调查研究发现，凤凰麟前鹿后、蛇头鱼尾、龙文龟背、燕颔鸡喙，是用多种鸟兽组装起来的。说白了，凤凰是子虚乌有的，有关凤凰可以衔枝自焚、浴火重生的故事，多在佛经中和诗人笔下存在的，它实质只是一个传说而已。

山不在高，有仙则名；水在不深，有龙则灵。我要加一句：酒不在多，有魂则神。在品尝西凤酒的时候，酒厂的一位朋友引用了一句话，据说出自西凤酒厂董事长之口：酒是带着灵魂的水。在陕西凤翔，凤凰是真实存在的，只不过它是以美酒佳酿的方式存在的。再浅显一点说，凤凰是一种精神，是一个会飞的灵魂，被储藏在了酒海里。或者说，凤凰把它的灵魂，附在一滴滴西凤酒中，与时光倒流，逆岁月而上，然后于昊天一飞，飞向寻常百姓家，飞向华夏民族的肌体深处。

从这个角度讲，西凤酒何尝不是一个凤凰一般的传说呢！

高　桥

1

天下着小雨，空气像被搅拌了一样，显得有些模糊而朦胧，这估计便是时间的状态吧？恰恰是十六年前的这一天，我这外乡人无意中踏入了上海，这些年几乎把上海走了个遍，街巷，江边，小岛，熙熙攘攘的地方去过，人迹罕至的地方也去过，忽然有一天发现，还有一个地方一直保留着，这就是高桥。高桥位于浦东新区北部，三面环水，北毗吴淞口，西临黄浦江，东为长江口，可以清晰地眺望东海，为长江奔流入海第一镇。朋友们介绍高桥的时候，都会竖起一个大拇指，这意思是双关的，一是表示赞赏，二是表示它在地图上的形状。高桥果然没有让我失望，相反还让我心动不已，总感觉自己在什么时候来过这里，它像上海的一个注释、一个符号一样静静地回应着我内心的好奇。

世界上有南海、北海、东海、中南海，还有下海，唯独这地方偏偏叫"上海"，"上"无论作为动词，还是方位名词，都和"上山""上酒馆""上天堂"差不多，很明显有一股傲气。只有来到高桥镇，你才会猛然醒悟，原来这是一个误会，即使"上海"真的高傲，那也是有资本的，而且还有视觉意义上的学科依据，原因是站在江海交汇处的外高桥顺岸式码头，面对苍茫无际的大海一眼望过去，大海确实是倾斜着的，海平面是向上翘着的，是直接连着天空的，真可谓海天共一色，海似乎就是天，天似乎就是海，加上一艘艘船舶抛锚靠岸、起锚航行，繁忙，沉重，巨大，雄伟，增加了海的高度，拓宽了海的外沿，不仰视不可观其全貌。所以，除了"上"之外，还有什么更贴切的词呢？更何况，这里是长江入海口，是百川所归之地，每条河流都是朝下流的，但是流至高桥再无可流，一旦投入大海的怀抱，每一滴水的视野、境界和生活，早已经是高高在上的了。

　　我的家乡位于陕西秦岭南麓，与高桥是一衣带水的，有一条大河叫丹江，丹江又流入汉江，汉江又汇入长江，注入东海的最后一站，正好就在高桥。也就是说，我的祖先流逝的血水，父老乡亲流下的汗水，从山山岭岭流下的溪水，还有我们流下的泪水，都顺着一条条河流，流到高桥这里来了。所以来到高桥，我感到从未有过的亲切，那长江似乎不是长江，而是一条血管，而是一条筋脉，用它无尽的落差，把我们连在了一起。我原本认为自己是外乡人，是个过客而已，和这片土地是毫不相干的，如今来到了高桥，漫步在高桥的海岸线上，感觉那每一滴水，那每一根草，那每一股风，这淅淅沥沥的雨，都和我扯上了千丝万缕的关系，甚至都是血肉相连的亲戚。其实，这并非攀附，是有着间接证据的，这证据名曰船帮会馆，乃我们当地一景，位于丹凤县龙驹寨镇丹江河畔，这里自古是"北通秦晋，南结吴楚"的水旱码头，为长安等西部城邦的主要补给线，船帮会馆便是水运和陆运换载的著名码头。我想说的大概意思就是，高桥顺岸式码头既是国际海运的归宿地，同时也是内陆水运的出发点，顺着长江溯流而上，通过长江支流丹江，在船帮会馆码头转换交通工具，再延伸扩散至西部地区。作一个不太形象的比喻吧，如果长江就是一根脐带，大海就是一个胎盘的话，那么外高桥就是中间的连接点，它总在母亲和婴儿之间传输着丰富的营养和血液，是任何一个归来辞去的船夫和游子依依不舍和寻寻觅觅的灯塔。

2

　　如果从航运航海的角度来看，我觉得上海之根应该在高桥，或者说航海之魂是附在高桥这块土地上的，这是对"宝山"粗略考察后得出的答案。我刚来上海的时候，在宝山区周边寻访了好多次，宝塔倒是有的，戳破天的楼房更加满眼都是，唯独没有找到一座山，连一个小土包都没有。再深入了解下去才发现，上海是一个没有山的城市，唯一的一座山在松江，叫佘山，高99米！就这么一座山，被大家当成了宝贝，演变成了上海之根，在顶上修了一座教堂，在一些人眼中，神的高度是天的高度，永远是无法丈量的，因而在他们心中，这座山就高大无比，成了他们顶礼膜拜的地方。把佘山叫宝山就比较容易理解，那么真正的"宝山"来自何处呢？我想，也许人家命名的时候，不是象形的，而是会意的，大概比喻物产丰富，有着宝物堆积如山的意思。我天生不喜欢"宝"字，不是不喜欢钱，也不是清高，是因为有些俗气，像满身戴着金光闪闪的大链子。我曾经有个朋友，是宝山政协委员，他向我收集提案资料，我便无知地建议给宝山改名字。如今再来到高桥，看到千年古镇上的风物遗存，回想起来自己真是浅薄而又可笑得很，原来人家真有"宝山"，证据就是一块"御碑"。

　　碑文不长，不妨摘录一段如下："嘉定濒海之墟，当江海之会。外即沧溟，浩渺无际。凡海舶往来，最为要冲。然无大山高屿，以为之表识。遇昼晴风静，舟徐而入，则安坐无虞。若或暮夜，烟云晦暝，长风巨浪，帆樯迅疾，倏忽千里；舟师弗戒，瞬息差失，触坚胶浅，遄取颠踬，联恒虑之。今年春，乃命海运将士，相地之宜，筑土山焉，以为往来之望。其址东西各广百丈，南北如之，高三十余丈。上建烽堠，昼则举烟，夜则明火。海洋空阔，遥见千里。于是咸乐其便，不旬日而成。周围树以嘉木，间以花竹，蔚然奇观。先是未筑山之前，居民恒见其地有山影，及是筑成，适在其处，如民之所见者。众曰：是盖有神明以相之，故其兆先见，皆称之曰宝山。因民之言，仍其名而不易，遂刻石以志之。"

　　有人会问，碑上明明说是嘉定，与高桥镇相隔甚远，和宝山更是不相干的吧？我为此查了一下，其实从南宋嘉定十年起，高桥确实隶属于嘉定县，清雍正二年（1724 年），把嘉定东边一块划出来设置了宝山县，高桥是隶属于宝山县的，直到民国时期设立上海特别市，高桥镇才划归了浦东。当年修建的"宝山"如今何在呢？史料也有记载，说是明万历十年（1582 年），受到海潮一百七十年的冲击，这座"宝山"坍陷于海中，直到中华人民共和国成立前，石碑被人发现，并得到妥善保护，如今存放于高桥中学，那段传奇故事得以浮出水面。

　　另一个有力的佐证，在高桥镇海滨村老宝山城，有一座保存完好的城隍庙，里面供奉着一个人，他就是当年督造宝山的漕运大臣陈瑄。当年修筑"宝山"烽火台，并非朱棣主动而为的，实质是陈瑄奏请的结果，当时陈瑄负责郑和下西洋的官兵配置和调动，在勘查河海地段时，见高桥一带地势低洼，航道上没有标识辨认，船只经常迷航失事，便上奏朝廷。获批之后，陈瑄调用海运将士数千人，日夜挖土垒山，很快筑起了一座山，成为东南沿海最早的航标。陈瑄从政治水，先后三十余年，他修建的许多水利工程至今还在发挥着作用。他六十九岁的时候，依然带病坚持在淮安一带勘察水利，最后死于任上。明宣宗十分哀恸，特地派官员去献祭，还停止朝事一日，为他举行国葬，并追封为平江侯，赐太保，谥"恭襄"，命工部营葬于南京映龙山。

　　立碑之时乃"永乐十年"，也就是 1412 年，碑文是明成祖朱棣亲书，郑和之名便是他所赐，下西洋也是他全力支持的，可见这位皇帝对海运的重视。大意已经明白了，这里为要冲之地，船舶来来往往，但是风高浪大，没有什么作为航标，容易迷失方向，皇帝长期挂念，于是某某年春天，命令将士们挖土，活生生地垒起了一座假山，山上建了烽火台，白天冒烟，晚上烧火，千里之外就能看见，为大家指引了航向。而且，造山之前，大家经常看到有山的影子，造成之后和看见的一样，大家都说是天意，所以就赐名为"宝山"。这就是"宝山"命名的由来，"宝山"之根脉在高桥，"灯塔"的光芒在高桥，航海精神的发源地自然就在高桥了。

我们可以想见，当年郑和七下西洋，从高桥浩浩荡荡地入海时，回头看一眼那巍巍的"大山高屿"，肯定会带给他无穷的勇气；每次从域外满载而归时，远远地望见那袅袅的浓烟明火，肯定会产生无以言表的喜悦之情。其实，对于如今的外高桥顺岸式码头的建设者而言，那碑是不倒的，那烽火是不灭的，那航运的精神也在继承和发展着，他们想到当年人们"造山"的英雄故事，脑海里浮现出"宝山"巍峨的模样，必定是信心百倍和豪情万丈的。

3

我在高桥中学看到了这块碑，那黑漆漆的碑石已经残损，雕刻着的白色的字已经风化，少部分字体已经模糊得难以相认，不仅感慨着岁月的流逝，亦感恩于留下和保护这段珍贵历史的人。雨又大了点，而且还生了烟雾，除了沙沙的雨声，学校异常的安静，从透明的玻璃窗外看进去，隐隐约约地发现学生们还在上课，而上课的学生们从窗户望出来，最醒目的应该就是御碑亭了，这种对视本身就是潜移默化，相信天长日久，这史，这碑，这人，自然就融入心中去了，汇入一腔热血里去了，这恐怕就是梦想和力量的源头。我坚信十年、二十年、三十年，从这些华发少年中，必然会走出一个个陈瑄，造出一座座理想的"宝山"，把生命雕刻成一块块碑，这就是六百年的回旋往复，更是一代代航运人的星火相传。高桥镇之所以人才辈出，创办自来水厂、发电厂、支持孙中山革命的上海第一任"市长"李平书，上海滩大亨杜月笙，画坛"海派源流"钱慧安，他们都是高桥人。高桥还出了许许多多著名的营造商，石库门之父是高桥人，国际饭店、外白渡桥出自高桥人之手，外滩高楼大厦中有三分之一是高桥人所造……不得不说，他们不仅受到潮水涌动的土地的滋养，肯定也受过先贤们的濡染。

我国改革开放以来，高桥都是国家战略的落子处，是各路人才勇立潮头乘风破浪的最前沿，是上海国际航运中心建设的排头兵。全国第一个保税区、第一个自由贸易区，外高桥顺岸式码头，纷纷在这里落成，这里也先后获得国家卫生镇、中国历史文化名镇、全国安全社区、全国亿万农民健身活动先进乡镇等诸多荣誉，深厚的文化底蕴为这片土地的腾飞和人生理想的实现提供了优秀的基因。尤其在南汇区并入浦东新区后，由于"大浦东"战略的尘埃落定，外高桥顺岸式码头和洋山港终成一家，迎来了一波一波大踏步的前进。而且外高桥顺岸式码头自身优势明显，不仅已经形成了丰富经验，而且它离长江口近，货物可以直接到达港口，同时离上海市中心也近，航运相关服务十分便捷，为进一步发挥优势与提升效率，充分发挥大型船舶、深水航道和码头资源的综合效益，更好地为广大中外船公司和客户提供服务，经过多年的疏浚建设和开发，长江口深水航道延伸至太仓，长江航运"水上高速通道"全面打通，地中海贝蒂娜轮、地中海伊凡娜轮、地中海比特丽斯轮等大型集装箱船舶纷纷停靠，成为上海国际航运中心建设的重要成果。

不日，再前往老宝山城，寻访到那座城隍庙，几间古老的房子耸立着，门前杂草如茵，已经有了几分春天的气息，再从格子窗朝里望去，神坛上供奉的不是城隍爷，没有缭绕的香火，没有几个拜谒的人，只有几只麻雀在房屋上跳跃，心中不免生出几分落寞。但是反过来一想，其实是蛮幸运的，在城市化的过程中，多少旧房故居都被拆毁，如今这庙还依然被保护了下来，这本身就是一种缅怀，也是一种敬仰。我既不是船夫，又不在海边生活，但是我一向敬仰那些古人，他们为黎民百姓呕心沥血，最后化身为神，继续护佑着人们，这就是精神的灯塔，是值得我们下跪叩头的。但是怕人笑话，说我迂腐和封建迷信，于是暗暗地告诫自己，陈瑄姓陈，我亦姓陈，别说三百年前是一家，据资料记载，陈瑄祖籍安徽人，我的先祖也是安徽人，所以六百年前估计不是至亲，也定有着血脉联系。所以，我深深地鞠了三个躬，这既是拜陈氏宗人，也是在拜"宝山"之神。

"宝山"遗址离外高桥顺岸式码头不远，这里百舸争流，万船齐发，通达世界，繁荣景象已非当年可以比拟，真正成了一座"宝山"，那座有形之山已经平移到人们的心里去了，甚至竖立在中华民族伟大复兴的血脉中，而且还在不停地拔高、壮大，照亮着人们奋勇朝前的方向。

高桥，原来的桥并不高，如今成为对外贸易之"桥"，改革开放之"桥"，人类命运共生之"桥"。这座"高桥"已经名副其实。从高桥镇离开的时候，正是黄昏时分，雨已经住了，天已经晴了，华灯璀璨地亮了，街上的鲜花，百姓们的笑脸，不都是新一代高桥人立下的碑吗？

中　山

　　我是天黑以后来到粤港澳大湾区的枢纽城市中山的。清早起来一出门，眼前就看到了一条清澈的江，从市中心微微荡漾着穿过，我的心也随之荡漾了起来。我一定得弄清楚它的名字，于是就凑上去问了问保安，保安操着一口当地方言，估计是粤语的一种吧，我一个字也没有听清楚，就又拦住一位清洁工，她正在清扫着地上的落叶。她在空中比划了几下，又指了指一块石雕，然后告诉我，它叫石岐河，石头的"石"，岐山的"岐"。

　　知道这个名字，我感觉格外亲切。先说说岐山吧，在新华字典中，"岐"字实质性的解释只有一条：岐山，县名，在陕西。所以"岐"字，能组成的词组只有"岐山"，看到这个字，不知道别人怎么想，反正我自然会想到我们陕西岐山县。不要小看了岐山县，它是中华民族的发祥地之一，是炎帝生息、周室肇基之地，是《黄帝内经》《周易》诞生之地，是姜太公用直钩钓鱼的地方。所以，我总觉得这个字，是专属于陕西的，起码与陕西有着千丝万缕的关系，在中山市中心遇到"岐山"，自然就亲切起来。

　　回头再说说石头，它的默默无语，它那种沉甸甸的感觉，它那种不易腐蚀的品质，都是我特别喜欢的。我一直在偷偷地向石头学习，只可惜已经到了知天命之年，还没有学到一点皮毛，喜欢咋咋呼呼，行事经常飘飘然，身上稍微受点伤就化脓腐烂了，被人拉拢一下就失去了立场。这还是活着的状态呢，如果死了，估计保存不了三天，就变成一堆臭肉了吧？我常常沮丧地说，活着是最好的防腐剂。所以吧，每到一地，不管出差还是旅游，也不管是城市还是乡村，我不热衷于吃喝，不热衷购买金石玉器，我喜欢捡几块石头作为纪念。不管这石头形状有多么无奇，也不管质地有没有含金带玉，更不会刻意地找，全凭着缘分随手一拾便是了。石头是通灵的，捡石头更讲究个缘分，你与这块土地有缘的话，哪怕在繁华闹市也会捡到一块天然的石头。

　　天啊，我正这么想着呢，看到路边堆着一堆沙土，估计是建筑施工时剩下的吧，我用脚轻轻一踢，便露出了一块石头的脑袋。我弯腰捡了起来，用手搓去了上边的泥巴，放在雨水积成的潭子里荡了荡，它立即露出令人怦然心动的样子。它是青黑色的，夹杂着米黄色斑块，特别像黄玉的颜色，也许本来就是玉石呢。它分明是刚刚从沙土里翻出来的呀，怎么像被心仪的人打了一层蜡，反复把玩打磨过多年似的油光发亮，唯一可以解释的是，这心仪之人就是大自然，就是这一方水土，并非爱好奇石的收藏家。开始看这块石头，大小和样子都像一只烤红薯，但是几天后看到中山地图，却有了更加奇妙的发现，这块石头简直就是中山的模型啊！这么一块大自然打磨出来的模型，却被我不经意间拾到了，这不是缘分又是什么呢？

　　我喜欢以石头命名的一切东西，何况以"岐山石头"命名的河流了。我喜欢石岐河，原因还有一点，它虽然叫河，却有着江的宽阔，应该有一百多米吧，从此岸看向彼岸，人影，树影，楼影，线条模糊得像一幅水彩画，已经是影影绰绰的了。不叫江而叫河的这种低调，被这一河的水，体现得格外明确，没有溪流的那种喧哗，没有河的那种旋涡，也没有海的那种浪涛，而像湖面一样，波纹细密，波光轻柔，内心安静。但是，不必紧张，根据散发出来的一股淡淡的鱼腥味，就明白这是接近大海的一种气息，如此平静的水里也会长出大鱼，只不过这里的鱼也是低调而内敛的，不会动不动就跃出水面，把美丽的身段暴露出来。它们只会像中山的女人男人一样，贤淑优雅地潜在水底，悠闲自在地游弋着。

石岐河的岸边是一条石板路，每走一段就会遇到一棵参天大树，它们的根像千万条蛇一样盘在地上，根须像神仙的胡子一样从树干一直垂至地面，很容易就能分辨出这是东南沿海才会生长的榕树。它们不站在路的两边，而是随意地立在路的中间，像在庇护和邀请行人做客的慈祥的土地爷，它们很明显比石板路的历史更加久远，是土生土长的原住民和主人。

石岐河的岸边，也有真正的绿化树，就长在石板路的两边，与自然生成的榕树不同，一看就是后来种植的，它们整整齐齐地站成两排，像列队的侍者一样轻轻地摇晃着。靠近河的一排是樟树，树长得十分茂盛，却不是很大，大部分也就碗口那么粗。如果单看这些樟树，也许会觉得河堤是新修的，但是再看看另一排，都是合抱粗的大树，应该都有一百年以上了，再加上石板路被磨得油光发亮，都在静静地告诉我们，这是一条古老的河流，这一方百姓在它的滋养下，也许临水而居了几百年或者上千年了吧？

这排大树直挺挺地冲上了半空，树干是白色的，有些像杨树，却与杨树不同。杨树长着太多疤，像女孩描得太浓的眼睛，而此树十分干净，像女人富有弹性的皮肤；杨树显得干巴而粗糙，像营养不良的苦力，而此树显得丰腴而优越，像养尊处优的高级白领。我又上前问了一位大爷，才知道这就是久闻大名的木棉树。我是见过木棉树的，它在春天会开出红艳艳的花，那花湿润，像刚刚染过，风稍微吹一吹，釉彩就会滴下来一样。而如今已经是秋天，木棉花早已经谢了，化入了泥土中，如果低头一看，树下的泥土呈现着暗红色，果然是"化作春泥更护花"。

此时的木棉树，叶子稀稀落落，一半绿一半黄，偶尔被风一吹，就会落下一两片，落在人的脚前头顶，或者落在石板路上。在中山，天气依然炎热，大部分植物依然青翠，也只有木棉树的落叶似乎在提醒着我们，这已经是秋天了。但是，我不懂木棉树善意的提醒，因为顺着一条条街头巷口朝着市里张望，常常可以看到一树树花，如云霞一样盛开的紫色的花，夹杂在市民的烟火气息中，这不就是春天的模样吗？我又问了问行人，他们告诉我的时候，顺便提到了香港，提到了香港的区旗，所以我立即就明白了，这是紫荆花！紫荆花不仅有紫色的，还有粉红色的，无论什么颜色，红色是基调，花瓣是五个，花蕊中长着五个花芽，这与我们的国旗保持着天然的一致。

中秋节刚过了几天，下一个节气便是寒露，在北方已经是寒风乍起、百花凋零的季节，我原以为这些紫荆花，应该是年内开放的最后一波。但是一了解，紫荆花喜欢阳光，耐得住寒冷，花期为十一月至次年三月，属于一年中最冷的时间，这些紫荆花会不会是为了特意欢迎我们，才率先开放了呢？由此可见，中山是没有四季的，她只有春天和夏天，而没有秋天与冬天，这里的人也一样，总有一种火热的激情。

我来中山之前，养成了每天早晨跑步的习惯，正当我犹豫着要不要继续的时候，看到了如此美丽的石岐河，尤其是河岸的石板路，石板路上撒着叶片和花瓣，这不正是为了跑步而准备的吗？穿着皮鞋跑步，绝对是要遭人笑话的，所以我踢踏着一双一次性的拖鞋，一边跑一边寻找着，看看能不能买到一双布鞋。因为还不到早晨七点，而且又是周末，街上开门营业的商铺不多，找了几家超市和两家杂货店，拖鞋是有的，却没有布鞋。这时，遇到了一位散步的大嫂，她很热情地告诉我，顺着一条街一直朝前走，然后左拐、右拐再左拐，在一条巷子里，有一所岐江路小学，学校大门外边有一位阿姨，她那里应该有我想要的布鞋。

　　我就照着她指着的方向，大概跑了两里路吧，在一个非常狭窄的巷子里，果然看到了几个地摊，有卖孩子生活用品的，有卖服装鞋帽的。上前一看，果然就有布鞋，而且有五六种式样，我就挑了一双，黑色的鞋面，乳黄色的鞋底，白色而绵软的里子，而且做工十分精细。我一问价钱，竟然一双只要十八块，又花了两块钱挑了一双鞋垫，白色的，上边绣着一朵朵淡紫色的丁香。我赶紧穿在脚上试了试，顿时有一种踩着白云一样的舒服和轻盈。我把一次性的棉拖鞋丢在了阿姨那，顺便叮嘱她，千万不要拿回去用，因为我有脚气，是会传染的。阿姨似乎非常感动，连连地说着谢谢。

　　阳光明媚地照射着，显得温暖而和煦极了。我跑出了巷子，回到了石岐河畔的石板路上，跑在樟树和木棉树凉爽的影子中。接下来的几天，我不再像一个匆匆的过客，而像中山市的居民一样，在石岐河的陪伴下，在天字码头与中山大桥之间，来来回回跑上五圈。很快，就有几位熟悉的面孔，主动和我打起了招呼，他们分明已经把我当成了朋友。我原本以为，早晨七点的这个时间段，前来锻炼的应该都是无所事事的老人，令我意外的是，前来跑步的人很多，而且多数都是年轻人，男的，女的，有些还是结伴而行，这不免让人感慨，这是一个富有朝气的城市。老人对健康的重视，多是因为经历了人世的沧桑，明白了健康对于生命的重要，而这些年轻人对健康的重视，应该是因为面对漫长的人生，他们需要有一种积极奔跑的态度。

　　离开中山前的最后一个早晨，跑至天字码头的时候，我突然看到一对男女，从背影判断，他们不是年轻人，也不是老年人，应该是一对中年夫妻。他们扶着石岐河的栏杆，肩并着肩站在河边，朝着对岸张望着，而且用手不停地指点着，这分明是在清数着什么，像数着天上的星星一样。我停下了脚步，顺着他们手指的方向，再根据他们指点的节奏，我猜测他们正在数着的，应该是对岸的大树，或者是大树映在水里的倒影。

对岸的大树和此岸的大树一样茂盛而婆娑，在静静地感受着石岐河静静的流水，而且由于离得更远，隔着一条河水，更像一幅刚刚完成的水墨画了。在这幅画里，除了无名的鸟儿在树梢上翩翩起飞，还有许多矫健的身影若隐若现地穿行于其中。我想，如果下次再来，一定要跑到对岸去看看，但是又反过来一想，从对岸看过来，我不也一样是在画里的吗？

我返回上海以后，查了查中山地图，石岐河是自北朝南或者是自南朝北而流动的，最后形成了一个朝东躺下去的字母"U"，也可以说是一个伸手拥抱的姿势，紧紧地拥抱着这片土地。如果再一细看，便不得不令人吃惊，石岐河北边连接着横门水道，南边连接着磨刀门水道，而这两条水道又都在不远处汇入了伶仃洋，也就是说，石岐河的两头都有一个出水口，河里的水无论朝着哪边流动，伶仃洋都是它们可以抵达的终点。

所以，你不能以平常的河来定义石岐河，平常的河是有巨大落差的，是有上游和下游的，是可以看到流向的，而且流向永远只有一个，出口永远只有一个。但是石岐河不同，你看不出它的落差，你也看不出它的流向，无法辨别它的上游和下游，更无法明确是通过哪一头，把它的水注入伶仃洋的。不过，身为河，难道就一定要有落差吗？就一定要有上游下游吗？就必须只有一个出口吗？我恍然大悟，中山这块热土，在中国现代历史上，之所以出现了那么多大人物，比如中国革命的先行者孙中山，比如中国共产党早期领导人杨殷，比如中国现代百货业先驱、先施公司创始人马应彪，永安公司创始人郭乐和郭泉，比如中国第一代电影演员阮玲玉。他们从不同的角度和不同的程度，改变着二十世纪初期的中国历史，不都有着石岐河一样开放的姿态吗？

　　这次中山之行，有一个名字叫"小康样本"采风，接下来的几天，我们走了好几个村子，终于明白这里的小康，称为样本是不为过的。因为，这种小康不仅仅是看得到的，而且是能感受得到的，那一切都融入了生活之中，成为一种精神。比如，在某某村，我看到一片黄色的稻田，稻田里，有农人在地里忙活，也有几个颇为时髦的年轻人，他们的身旁跟着一条白色萨摩耶，在田间的小径上散步，干净地，静静地，慢慢地，夕阳打在他们的身上，在稻田中间拖出了长长的影子。你别以为他们是游客，绝对不是，他们只是这里的村民而已，是新一代农民而已，这只是他们劳作之后的一次小憩。

　　再深入一点了解，我被这些中山人物的经历吓了一跳，他们竟然和上海有着割舍不开的关系。杨殷属于如今的南朗镇翠亨人，和孙中山是一个村的，差不多就是邻居，他是省港大罢工的重要领导者之一，也是广州起义的组织发动者之一，由于叛徒告密，与彭湃等人在上海被捕，在监狱中遭受了百般拷打与折磨，但是在给党中央的信中表示，"我们未死的那一秒以前，我们在努力做党的工作"，表现了共产党员至死不渝的理想信念。1929 年 8 月 30 日，杨殷与彭湃等人被反动当局秘密杀害于上海龙华，如今还被埋在上海龙华烈士陵园里。

　　陵园隔壁就是有名的千年古刹龙华寺，我多次前往拜谒过，十几年前还写过一首诗：罗亦农、彭湃、柔石、杨殷/还有一群没有留下名字的人/你们在龙华寺一早一晚的钟声里/倒下去的时候是血肉之躯/站起来的时候却变成了一棵棵香樟和松柏/从此，一年四季/你们的生命都是绿色的/依然把阳光当成了食物/把氧气吐出来维持我们的呼吸/我还不如一只麻雀一阵风/想永远躺在烈士陵园里/用一生也换不来一张门票/我常常借着祭拜和怀念的名义/到这里散散步，看看桃花/如果我明天也倒下了/就再也无法走进这道门/做不了大树的我/趁着现在还活着/也要学学你们的样子/在门外的龙华路上/做一棵卑微而喜欢太阳的小草/在春天里，偷偷地挺一挺腰……

其实，在二十世纪二三十年代，成就上海"十里洋场"美名和引领消费时尚的，是先施、永安、新新、大新四大百货公司。这次到了中山以后，才意外地明白过来，这四大百货公司的创始人，竟然都是中山人！尤其是先施百货的马应彪和永安百货的郭乐、郭泉两兄弟，他们都属于中山市南区人，一家在沙涌村，一家在竹秀园村，是一个镇的老乡，而且还有姻亲关系，但是在竞争中丝毫也不手软。先施百货采取了全球采购、首倡"不二价"、延长营业时间、雇用女店员、送货上门等服务理念。其中为了雇用美女售货员，漂亮的老板娘霍庆棠一不做二不休，亲自披挂上阵站起了柜台，销售起了化妆品，为了工作方便，她还带头剪掉了辫子，从此开始，女性短发之风刮向社会，成为女性新形象的开始。永安百货也不甘于落后，打出了"顾客永远是对的"、货如轮转打折促销、积极向全球推销中国特产等经营理念，开设了上海第一家对外营业的舞厅、上海最早的旱冰场，还首次在商场里举行了时装表演，同时创办《永安月刊》，封面采用红极一时的女明星，设计美观新潮的商品广告，以此来宣传商品文化和引领消费潮流。

如今虽然一百多年过去了，有些经营方式和理念已经不合时宜，有些却仍被商家们使用着，而且非常有效地得到了消费者的喜爱。凡是有朋友来上海，我会带他们去南京路步行街走走，即使没有朋友，我独自一个人也会去那里转转，感受一下十里洋场的风华巨变。如今在南京路步行街上，依然可以看到四大百货公司的招牌，成为游人眼里的风景，也成了人们留念的背景。

阮玲玉虽然是在上海出生的，但是她的父亲是中山市南朗镇左步村人，左步村离孙中山和杨殷家不远，不过，阮氏祠堂就在孙中山祖居的隔壁，而阮玲玉家就在孙中山祖居的房背后，可以说是真正的邻居了。

阮玲玉在上海的故居，位于新闸路的沁园村，我们单位曾经就在对面办公，仅仅隔着一条狭窄的新闸路，是我外出吃饭和上下班的必经地，而且推开窗户就能看到那栋三层的小楼。这是上海有名的石库门老洋房，不过已经破旧不堪，暗红色的墙壁落着厚厚的尘土，油漆斑驳的门窗半关半掩，似乎仍然在诉说着伤感的陈年旧事。

　　也许由于曾经做过邻居的原因吧，我看了不少阮玲玉的电影，包括《挂名的夫妻》《新女性》，可以说是我至今看到的最美的电影，她没有说过一句话，却已经胜过了千言万语，关键是一看便懂，而且是心领神会。不像如今的有些电影，嘻嘻哈哈，吵吵闹闹，打打杀杀，浓墨重彩，光怪陆离，每次看了以后，总让人有一些头晕目眩、心浮气躁。而阮玲玉的电影，多么像一场下午时分的小聚，你与她淡淡地坐在窗前，一抹夕阳，一杯清水，一股浅浅的风，除了稍稍地欠一欠身，或者偶尔地相视一眼，只是默默无语地坐着坐着。总之，我对阮玲玉的感觉，真有一种邻家妹妹般的亲切，似乎她从未长大也从未离开一样，每次经过，每次注视，耳边都会响起那声"人言可畏"的哀叹。

　　哎，不说了，还是回到中山吧。我无法准确地得知，这么多中山名人的故乡，具体在中山的什么方位，是否生活在石岐河畔，有没有饮用过石岐河的水。但是，水可以蒸发成云，云可以凝结成雨露，雨露可以汇聚成一条河，从这么一个角度来说，条条河流都是相通的，可谓一方水土养一方人。他们的秉性，他们的追求，他们的才华，肯定有着石岐河的根源和基因。不说别的，仅仅从交通的角度看，他们不少人有着海外的经历，这就不奇怪了，因为他们要想出海，最方便的，就是通过石岐河，无论逆流而上，还是顺流而下，都可以抵达伶仃洋，而伶仃洋的那一边，澳门，香港，南海，再往前航行下去，就真正地出海了，那将是一个太平洋，一个广阔而无边的世界。

　　我这么一想，觉得中山就不仅是粤港澳大湾区的枢纽，而是中国甚至是世界的枢纽，更是我充满了私人感情的情感枢纽。其实，人生在世，诚如石岐河这样，只要忘记落差，忘记自己身处上游还是下游，忘记是逆水还是顺水，无论从南朝北还是从北朝南，只要尽情地划动着桨，人生的大船最终都是可以抵达大海的。

贵　州

　　在上飞机之前，才电话通知鲁迅文学院的同学剑平，我要到贵州参加一个活动。剑平接到消息，非常高兴，立即说，你参加的活动叫"贵州是平的"。剑平也是作家，我印象最深的却是他的歌，那年毕业晚会上他唱了一首贵州民歌，把同学们唱得泪流满面，原因是他的声音犹如空谷幽兰，中间带着灵性和露水，我当时就对贵州产生了好奇，那到底是一片什么样的土地呢？

　　贵州是平的？这是什么意思啊？我从来没有到过贵州，对贵州一无所知，心想着和西南其他几个省（市、自治区）应该也没有什么差别，无非是依着平原、群山和河流，形成大大小小的城城镇镇、村村落落。但是，云南叫"彩云之南"，像歌词里说的："孔雀飞去，回忆悠长。玉龙雪山，闪耀着银光。秀色丽江，人在路上。"四川叫"天府三九大"，"三"是指三星堆，"九"是指九寨沟，"大"是指大熊猫。

　　我想了想，是不是理解错了，剑平兄的意思是，贵州是他剑平的地盘，或者是自己听错了，剑平兄所说的不是"平"，而是另有其字，比如"品"，品尝，表示慢慢地享受；比如"娉"，娉婷，形容女子的姿态美。

　　下了飞机，接机的牌子上写的，还真是"贵州是平的"。贵州怎么会是"平"的呢？我用"平"字组了一连串的词：平安，平白，平川，平淡，平等，平凡，平方，平和，平静，平步青云，无论用哪个词，也都太平淡无奇了吧？或者说，贵州人也太低调了吧？

采风正式开始以后，我才突然醒悟过来，贵州确实是"平"的，只是低调而踏实的贵州人，在一个"平"字前边，隐去了一个"不"字，比较完整的说法，贵州是"不平"的。加一个"不"字，既透出了贵州人的一股子倔劲，又反映了贵州山水的不平坦和交通人的不平凡。

采风团分成了南北两线，我们南线主要是看桥：一是参观贵州至黄平高速的甘溪大桥、阳宝山大桥的工地；二是参观平罗高速平塘大桥，夜宿天空之桥服务区；三是参观"册三"公路、摩崖石刻，夜宿黄果树大酒店；四是参观坝陵河大桥、贵阳至黄果树段的花鱼洞大桥、化屋村和黔西高速的鸭池河大桥。

我看了看这些计划，开始是有点失落的，也是不以为然的，因为居住于江南，长江，东海，水系繁多，大桥十分发达，南京长江大桥，苏通大桥，沪苏通长江公铁大桥，钱塘江大桥，杭州湾跨海大桥，上海长江大桥……尤其是东海大桥，通向洋山深水港，全长足足 32.5 公里。即使是上海市中心，横跨黄浦江、连接浦东浦西的大桥就有四座，南浦大桥，杨浦大桥，卢浦大桥，徐浦大桥。其中南浦大桥全长 8364 米，主桥全长 836 米，像一团毛线一样绕来绕去，在空中足足绕了五六圈……

可以说，生活在长三角的人，几乎天天都要在大桥上溜达一圈。所以，我暗暗地嘀咕，贵州不靠海、不临江，怎么会有了不起的大桥呢？即使真有非常厉害的大桥，那不过是一些钢筋水泥造成的，也算不得什么风景吧？反而是一些著名的景点，比如黄果树瀑布和中国天眼，竟然是"擦肩而过"，不在参观计划之列，这不由得让人失落。

第二天清早，采风团兵分两路，一个朝北，一个朝南，就"分道扬镳"了，约好了在化屋村胜利大会师。天气十分好，阳光十分灿烂，而且正值盛夏，在当地朋友的眼里，这是难以忍受的酷暑，但是对于来自江南的我而言，早就厌烦了闷热潮湿的天气，如今被贵州的风清清爽爽地一吹，实在是太舒服了，心情也随之好了起来。

为我们南线做解说工作的，是一个漂亮女孩，在贵州毕节出生长大，人很聪明，反应也非常快，还非常幽默。她的名字叫商茜，我老家在秦岭南麓商洛，那里曾经是商鞅的封邑，作为商鞅的历史遗民，商姑娘一张口，凭着一个"商"字，我就生出了几分老乡的亲切。商茜说，贵州是一个没有平原的地方……她开口的第一句话，再次引起了我的好奇，透过车窗朝外一看，妈呀，要么是万丈深谷，要么是黑漆漆的隧道，高速路被架在了半山腰，在我们身后疾速后退，美丽的山山水水扑面而来，像女孩腰间系着的一条飘带，光滑，灵动，宽敞，飘逸，在群山之间挥舞着……真有一种在游乐园里坐过山车的那种美妙，我对即将要看的大桥顿时有了些许的期待。

商茜给我们讲了两个故事，第一个故事是关于周西成的。1927 年，时任贵州省主席的周西成派人到香港，买了一辆轿车，这是贵州历史上的第一辆汽车。在贵州没通公路之前，广西到贵州有两条路可走，一条是狭窄艰难的古驿道，另一条是都柳江水路。周西成的雪佛兰轿车从香港开到广西梧州后，只能改走水路，用船运到柳州。溯都柳江而上，中间遭遇狂风暴雨，把船给掀翻了，汽车沉入了水中，花了很大力气才捞出来。

当年柳宗元骑驴进黔南，走的就是这条路线，干的也是差不多的事情，据柳老先生《黔之驴》记载："黔无驴，有好事者船载以入……"周西成的汽车从水路运到榕江县和三都水族自治县，不得不把汽车拆散，改用人力搬运。先后雇了近三百个劳力，辗转了十几天，汽车终于被运到贵阳，然后再拼装起来。当年，汽车罕见，司机更是少之又少，周西成好不容易才找到了一个驾驶员，开着车在贵阳环城马路上跑了一圈。这条马路是周西成开发的近代贵州第一条公路，而且还颁布了第一个"交规"："汽车如老虎，莫走当中路，如不守规则，死了无告处。"很明显，这是撞了白撞，可见当年的汽车比人"金贵"，受到的"礼遇"有多高！

购买汽车后的 1928 年，周西成在贵阳至桐梓省道竣工通车之际，又下令贵州造币厂铸造发行了贵州汽车银币。银币正中为"贵州银币"字样，中心为芙蓉花，下为"壹圆"；背面中间是在草地上行驶的汽车图案，草地由 28 片草叶构成，寓意着银币是 1928 年铸造发行的，汽车前轮有 12 根辐条，寓示着一年 12 个月，平安吉祥，如意发达。据资料显示，这是中国近代机制银币中唯一铸有汽车图案的银币，也是世界上唯一以汽车为图案的流通货币。

商茜讲的第二个故事是她小时候的经历。商茜家在毕节下边的小镇，那时候村里不通公路，每次出门上学都靠着步行，终于等到通车了，路是那种泥巴路，车是那种很破的车，开过时尘土飞扬，每坐一趟车都是灰头土脸。最令人尴尬的，是沿途没有任何配套设施，五六个小时的行程，没有地方喝水吃饭。尤其是没有地方上厕所，汽车开到中途，往路中间一停，形成一道屏障，然后男左女右，蹲下去，集体方便。方便完了，为了保护隐私，必须听司机的口令，才能一起直起腰，统一回到车上。

商茜已经调入贵阳工作，如今回老家，从贵阳到毕节，两百多公里全程高速，如果开车的话，需要两个多小时，如果坐高铁的话，不到一个小时，几十块钱车票。商茜说："还可以选择飞机呢。"我被震惊到了，有些怀疑地问："你们毕节有飞机？"商茜说："是啊，已经通了好几年啦。"我赶紧到同程网进行了搜索，发现从贵阳龙洞堡机场到毕节的飞雄机场，隔日就有一趟航班，飞行时间 50 分钟。如果从上海出发，只要在贵阳中转，2 小时 15 分钟就可以抵达毕节，这和上海到首都北京的时间完全相同，比到古城西安的时间还要短 15 分钟。

　　我感慨地告诉商茜，我的老家在陕西商洛，至今没有高铁，更没有飞机，我们看到的飞机只有指头蛋子那么大。尤其是我们村，水泥路是通了，至今还不通班车，我每次回上海，必须先骑摩托车到镇上，再坐班车到县城，然后从县城，要么去西安坐飞机，要么坐绿皮火车到杭州，再倒一趟高铁再回上海，因为没有到上海的直达火车。在我的潜意识里，贵州比我们老家偏僻落后多了，但是没有想到竟然如此发达，一个小小的毕节，交通如此便捷，简直是太厉害了。商茜从一个普通老百姓的角度，非常自豪地说："贵州是挺厉害的啊！想当年，我算是好的了，很多同学出门，得攀岩，靠溜滑索，经过这么多年不停地努力，镇镇都通了柏油路，村村都通了硬化公路，而且路都修得非常漂亮，每次出门坐车都像旅游观光一样。"

　　贵州省交通宣传教育中心主任萧子静在报告文学中描述：贵州高速公路、普通国省道、农村公路上所有的特大桥、大桥、中桥和小桥，合计 28133 座 4540 公里，也就是说，大小桥梁连起来，几乎可以从贵阳到北京直线跑一个来回。所有的特长隧道、长隧道、中隧道、短隧道合计 2852 座 3140 公里，也就是说，大小隧道连起来，比喜马拉雅山脉还要长 700 多公里……贵州所有的大小公路连接起来，可以缠绕地球赤道 7 圈半。如果加上城市道路、串寨路和联户路，贵州的路可以直接从地球连到月球！

　　听着介绍，我不停地从车窗朝外看，我们所走的这条高速，有的被大山顶在头上，有的被大山扛在肩上，有的被大山夹在腰间，有的被大山抱在怀里，而且旁边一会儿涌动着雾，一会儿又飘浮着云，一会儿闪烁着五彩的光芒，不停地向深处延伸，不停地向远方传递。我慢慢理解了"贵州是平的"，它所表达的第一层含义，贵州人所走的路是平的。

　　我又好奇了起来，贵州本来是不平的，如何把"不平"变平了呢？

经济学家厉以宁为贵州说过一句话："不是夜郎真自大，只是无路去中原。"毛主席在《水调歌头·游泳》一词中说："风樯动，龟蛇静，起宏图。一桥飞架南北，天堑变通途。"随着参观的一步步深入，我理解这首词虽然写的不是贵州，却能折射出，为了"天堑变通途"，一代代贵州人付出太多太多，在中国的版图上，恐怕只有贵州人才能把平与不平有机地统一在了一起，让平与不平形成了巨大的落差，这恐怕就是贵州这幅时代画卷的大美之处。

　　我沿途都在仔细观察贵州的山，它们和我以往看到的山都不一样，这里的山忽大忽小、忽高忽低、忽平忽窄、忽左忽右，忽然高耸如虎狼，忽然低矮如鼠兔，要么陡如刀斧，要么圆如锣鼓，反正没有一座是端正的，也没有一座山是真正坐北朝南的。这样就没有山"脉"，或者是根本把不住脉，比如在一块空地上孤零零地冒出一座山，猛然看上去还以为是人为修出来的帝陵，或者是一座不规则的金字塔。不像其他地方，尤其是我们北方，山排得整整齐齐，大体上都是东西走向，那沟沟岔岔也都是东西走向的，即使有湾，那也是大湾，中间蜿蜒流淌着一条河，河的两岸是宽阔平坦的，山民们都是临河而居的，所以不管什么路，基本是顺河而建，或者说是顺着山而修。

　　正因为贵州的山不规则，走向不一致，没有规律可言，又十分的狭窄，尤其是河流两岸多数都是悬崖峭壁，所以这里的路无法修在山脚下，只能修在半空中，遇山打洞，遇壑搭桥，那一座座形态各异的山，就成了天然的路基，或者说是天然的桥塔，所以这里的路非常直、非常平坦。这种直，这种平坦，不像平原地带，是天然形成的，是老天留下来的，对于贵州人来说，只能靠着自己的双手。我们正好来到了黄平高速的甘溪大桥工地，大桥位于黔南布依族苗族自治州贵定新巴镇，横跨甘溪自然保护区独木河水库，桥下是一条绿色的大河，大河两边全是悬崖峭壁，几个桥柱依山形地势而建，所以高低不同、错落有致，站在桥头俯视巍峨的大桥，着实有一种眩晕感。

陪同我们南线的工作人员叫阮有力，他的开场白很有意思："你们千万不要叫我大爷，我其实并没有想象的那么老，71 年出生，属猪的，刚刚过了知天命之年，自己是真正的'路二代'，父亲修了一辈子的路……"阮先生和我同龄，加上也剃着一个光头，而且是头发全白，这又让我感觉到了几分亲切。我悄悄地打听了一下，他原来是贵州省公路局副局长。

我看了看他，他着实显老，不过，一说起大桥，他的情绪立即就有些激动，感觉像一个干劲十足的小伙子。我们正说着呢，车已经停在了平塘大桥服务区。他笑着告诉我们，平塘大桥是他负责建起来的。我放眼一看，是真正地被震惊到了。我盯着阮先生看了半天，有些怀疑地反问了一句："这是你建起来的？"阮先生说："从 2016 年 4 月 29 日动工，到 2019 年 9 月 26 日完成主桥合龙贯通，再到 2019 年 12 月 30 日通车，我都是全程参与的。"

时间是下午已近黄昏，暮色四合，晚霞满天，云朵随意地堆积在山顶，像刚刚绘就的湿漉漉的水墨画。架在深渊峡谷之间的平塘大桥，被夕阳的余晖照耀着，像一条钻石项链一样，透出了幽蓝而温暖的光芒。平塘大桥属于斜拉桥，三个桥塔是淡蓝色的，桥身和铁索为白色的，宛如三个少女穿着少数民族服装，蒙着一层隐隐约约的面纱，手牵着手，扭动着腰肢，正在跳着一支灵动的舞蹈。根据工作人员的介绍，这座大桥的设计师，果然是从少数民族的服饰文化中吸取了精华，融入了"苗族裙摆"独特造型和蓝白配色，与周边自然环境融为一体，所以三个"苗族少女"被亲切地称为"小蛮腰"。

这些景色已经够壮美的了，但是阮先生还觉得意犹未尽，发给我们几张照片和一段视频，进一步佐证平塘大桥无与伦比的美。这是平塘大桥在不同季节和不同天气下的模样——冬天雪白如银，早晨火红如铁，雨天乱云飞渡，尤其是大雾天，神龙见首不见尾，像飘浮在天庭仙国的仙桥，只有神仙才会在此出没，往返于仙境和人间。

根据提供的资料显示，平塘大桥位于平塘县牙舟镇和通州镇之间，横跨海拔600米至1200米的槽渡河峡谷，是平塘至罗甸高速公路项目中的重点工程，是贵州地标性建筑，全长2135米，三座桥塔分别为332米、320米、298米，高达110层楼，是目前世界第一高。

在这样的地方，如此壮观的大桥，到底是如何建起来的呢？我看过中央电视台在"走遍中国"节目里，对平塘大桥进行了"揭秘"。节目采访了一个身怀绝技的塔吊操作员罗玉林，由于上下一次作业平台颇费周折，平时工人的午饭都在高空中解决，罗师傅不仅要用塔吊运送材料，还要靠他的塔吊来运送午饭。贵州山区天气变幻莫测，经常大雾，还有大风，能见度很低，塔吊摇晃不定，考验着他下钩调运货物的精准技术，但是无论在什么危险的情况下，他都能保持着心平气静，这么多年从来没有出现过失误。在这些工人的背后，还有一个行走在云端的人，他就是机械安全管理员赵猛。赵猛是一个90后青年，他一年365天风雨无阻，每天必须徒手爬上300多米高的塔吊，经过500多级爬梯，上百个巡查点，检查动臂吊和主塔的每一个连接处，保证每一处不能有丝毫的松动，查看滑轮等部件是否正常，这种高度多数时候都是云雾缭绕，对于一般人来说，未免太惊心动魄了，但是为了不让家人担心，他一直隐瞒着自己的父母。

平塘大桥建有一个服务区，叫天空之桥服务区，外形设计酷似一个飞碟，像外星人驾着飞碟登陆了地球。本以为和其他高速公路上的服务区没有什么区别，无非卖点吃的，上上厕所，加加油，但是进去一参观，就暴露了自己的孤陋寡闻，原来人家这个服务区和平塘大桥壁联珠合，除了会务中心、嘉遇悬崖酒店、平塘大桥观景台、观山栈道，还增加了服务于青少年学生的桥梁科普馆，服务于天文爱好者的天文馆和山顶天文台，加上周围优美的生态环境，春可踏青赏花，夏可避暑纳凉，秋观层林尽染，冬看玉树琼枝，这里早已经成了一景，被国家评为 AAA 级旅游景区，引来了许多电影前来取景，央视网的超级月亮在此直播，用一句流行语来说，真正成了网红的打卡地。

我们很快得到工作人员的安排，当晚住在天空之桥服务区。我进入自己的房间，拉开窗帘，推开窗，群山和大桥就尽收眼底了。我想，来这里即使什么也不看，住在悬崖酒店里，泡上一杯当地的茶，坐在巨大的落地窗前，180 度无死角地看着窗外，尽情地呼吸一下这里的空气，感受一下绝对的安宁和静谧，对于一个整天忙着赶路的城市人而言，也可以洗去身心深处积累下来的风尘吧？

天已经彻底黑了，四周是茫茫一片漆黑。我们享受了太多的光亮，如今发现黑暗也有着美好的一面，正是在这样的黑暗中，满天的繁星才那么突出，像一颗颗被擦去尘土的钻石，平塘大桥也亮起了淡淡的荧光，如在梦境中出现的幽灵，令躁动不安的我顿时安静了下来。我突然想起自己写过的一首诗：莫泊桑在《恐惧》中说/没有幽灵的黑夜，空空荡荡/连黑暗也显得平庸无奇/顾城在《一代人》中说/黑夜给了我黑色的眼睛/我却用它去寻找光明/我想说，我们都是黑暗的种子/或者说，黑暗是我们苦苦抓着/不肯松手的一个包袱或者灯……

吃晚饭的时候，阮有力先生说，晚上安排了一个特别节目——观星。有人就问，是去中国天眼那边用射电望远镜看吗？他笑着说，虽然离天眼很近，也就半个小时车程，但是现在已经错过了时间，我们这里相关的设备都有。他赶紧安排人，爬上山顶天文台，把专业的器材背了下来，架设在观景平台上，只等着晚上十点多，土星转到我们头顶的位置，然后再进行观测和拍照。之所以要观测土星，因为土星是宇宙中第二大行星，而且土星存在着奇特的光环，让它成为群星中最美丽的一颗。

阮有力先生说自己观测过不少星星，而且拿出了观测时拍摄的照片，有月亮的，也有星星的，照片上的星星和月亮，像一块大理石雕刻一样，有着清晰而质感强烈的图案，或者像刚刚从地下挖出来的恐龙蛋化石，有着上亿年岁月浸润下形成的"包浆"。他的这一"浪漫"的安排，把我们的心挠得痒痒的，连吃饭喝酒的心情都没有了，大家早早地来到观景平台，或斜倚着栏杆，或干脆席地而坐，静静地等待着日月星辰的旋转。

虽然设备齐全，而且又非常专业，但是面对浩瀚的星空，土星像是沙漠中的一粒灰尘，要捕捉到它的身影并不容易。"追星"师傅从九点多就开始调试望远镜，另一位师傅则拿着手电筒，一动不动地照着茫茫的天空，以此来定位土星的位置。这不是普通的手电筒，而是天文观测活动专用，有着好听的名字——捉星手电筒。一个"捉"字，像捉虫子、捉鱼一样，把观星活动形容得多么有趣。

等到将近十一点，土星终于被捉住了，大家好奇地挤过去，一个一个地观测着。在望远镜里，土星还真像一只蚕，卧在一个金色的光环里，似乎还发出了吱吱的叫声，在向十几亿公里外的人类道出了一声问候。只是，我们看到的光的问候，已经是一个多小时以前发出的了。

接下来的两天，我们又看了看坝陵河大桥，它位于贵州省安顺市关岭布依族苗族自治县，全长 2237 米，主跨 1088 米，桥面至水面高度 370 米，从关岭布依族苗族自治县的县城到黄果树大瀑布，原来开车需要半个小时，如今仅仅需要 5 分钟而已。参观的那天，下起了小雨，不过不是大雨，而是雷阵雨，或者说是太阳雨，柔和的雨点中夹带着阳光，橙黄色的空气像淡淡的柠檬汁，充满了青春的色调和青涩的味道，这和橙黄色的坝陵河大桥，在功能和气质上是十分匹配的。而且，这座时尚又富有朝气的大桥，同时也是青春乐园里的一个大型游乐设施，高空蹦极，高空秋千，高空漫步，低空跳伞，玻璃栈道，各种各样的极限运动项目应有尽有，在 2019 年创造了吉尼斯世界最高商业蹦极地的纪录。

　　参观大桥的时候，听到头顶不停地发出哐当哐当声，我还以为是大风吹动钢板的声音，但是解说员很快地告诉我，这座大桥还有一个奇特之处，是可以进入大桥内部的，此时此刻我们正在大桥的肚子里漫步呢，那哐当哐当的声音是汽车贴着我们的头皮疾驰而过的碾压声。大桥的肚子里可谓是"花花肠子"很多，长长的观光走廊里，除了蹦极和跳伞的设施，还有吊桥、透明悬空玻璃等，到处都是险象环生，脚下真是万丈深渊，大雾一团团地奔跑着，几条弯弯曲曲的乡间公路像一根纤细的麻绳，几个零零落落的村舍像孩子们玩的积木。

　　总之，从桥中朝下看，人世间的一切都是渺小的，都是轻的，唯有此桥为大，唯有此命最重，稍微不注意就会坠落下去。不过，这是万无一失的坠落，是激情的坠落，是豪迈万丈的坠落，是天堂和大地交融的坠落。这种坠落其本质是一种超越和飞翔。

　　在离开大桥的时候，在桥头遇到一对老夫妻，他们穿着苗族的节日盛装，在那里载歌载舞。我上前一问得知，丈夫是退休老师，就以坝陵大桥为背景，天天录视频发抖音，他们满满的幸福感打动了许多网友，如今抖音账号已经有两万多名粉丝了。我们也被这两位老人感染了，于是纷纷加入了他们的队伍中，手拉着手尽情地狂欢了一次。

　　仅仅是两天时间，我们就在贵州之南绕了一圈，然后又回到了贵阳。离开前的最后一晚，我独自到贵阳的大街上转了转，这里和南方的城市非常不同，到处都被浓浓的烟火气息包围着，这种气息是贴身的、贴肉的、贴心的，看得见的灯，摸得着的雾，闻得到的香，扑面而来的幸福，混合在一起让人顿时就醉了，有了一种活着或者说在贵州活着真好的感觉。最让我兴奋不已的，是朝着车水马龙望去，稠巴巴的一片"贵"字，在四通八达的路上行走着。有一位朋友解释，"贵州"就是泥土很贵，"贵阳"就是阳光很贵，这虽然是一种玩笑，但我是深信不疑的。从修路架桥的角度看，把"不平"的贵州变成了"平"的贵州，从平的贵州又看出了不平的贵州，这金贵的、高贵的、昂贵的何止于一方水土、一片阳光。

呵，忘记告诉大家了，我们还参观了"册三"公路。1958 年，"册三"公路的建筑工人在沙坪垭口的悬崖绝壁上，创作并镌刻的一首诗，恐怕诗人出身的我，也是写不出来的吧？"筑路意志坚，扛起大道上青天；踏碎了云朵，踢倒了山尖，不管车马来多快，总在我后边！"

其实，贵州的平，是把一条条大路扛在肩头所带来的"平"。这样的一个"平"字，其含义是任何一部字典都查不到的，只有在贵州人"不平"的幸福生活中去寻找。

五　　峰

1

那天的天气不错，主要原因是秋高气爽，刚刚又下了一阵太阳雨，细细的雨花和嫩黄的阳光搅拌在一起洒下来，感觉空气中都充满着梦想的气息。我就在这样的背景下不小心遇见了自己。是的，是自己，是几十年前的自己，而且是在一个叫五峰的地方。我所说的自己，其实不是自己，而是一个小小的化身。或者说，我看到了它，便想起了我少年时的某一段时光。

大约是半个月前吧，刘醒龙先生突然来信，说要叫一帮朋友到五峰聚一下。聚一下的意思，其实就是采风。采风的意思就是走一走看一看，捕捉一点灵感为当地经济文化新气象写点文章。虽然我第一次听到五峰这个名字，还不知道它在湖北的什么方位，我还是很爽快地答应了。

我之所以如此爽快，当然有刘醒龙先生的吸引力，常读他的文章，却还没有拜过大神的面。不过，还有另一个原因，"五峰"两个字诱惑了我。我从小生长在山里，是大山养育的孩子，所以对山特别有感情。如今定居上海多年，而上海唯一的一座山，叫佘山，仅有99米之高，我经常会看着高楼大厦发呆，尤其是暮色四合的状态下，会把这些钢筋水泥堆砌起来的建筑误以为是山。既然叫五峰，顾名思义，肯定有五座高大无比的山峰，可供我去攀爬、去撒野，以慰自己的思乡之苦。

我在安排行程的时候上网一查，发现五峰还不通火车，离得最近的一站是宜昌，才知道人家的全称叫五峰土家族自治县，隶属于湖北省的宜昌市，而且我总以为长江三峡大坝位于重庆，原来这么宏伟壮观的世纪工程，竟然是在湖北的宜昌市。

在宜昌市住宿了一夜，第二天一早坐着大巴出发了。我们参观的第一站是生物科技公司，我是不以为然的，如今的企业为了显示自己的高深莫测，总喜欢冠之以"科技""生物"这些时髦的名词，其实很多不过是保健食品之类的公司而已。进了这家企业的大门，除了几排乳白色的有些低矮的厂房，我并没有看见假山、喷泉或者雕塑，可以说连一块晃眼的玻璃幕墙都没有，更没有什么奇异的机器和它们发出的轰鸣声，相反还显得十分朴素而安静。

企业为了迎接我们，专门布置了一个展览，展台并没有放在室内，而是把几张桌子拼接在一起，摆在了路边的草坪上，像集体露营时候的野餐。展台上摆放的东西不多，几张展板十分朴素，没有口号式的"前言"，也没有某些大人物的合影留念。我估计被自己不幸而言中了，正准备忽略而过呢，突然听到大家围在一起，在热烈地议论着一样东西——五倍子！

天啊！是五倍子吗？这三个字瞬间击中了我。它对我来说，简直太亲切了，亲切的程度等同于自己的乳名。我赶紧挤进人群凑上去一看，展台最显眼的位置摆着一堆"土特产"，碎玉一样的壳，菱角一样的形状，半透明状的颜色，里边沾着黑灰色的小虫子，还真是多年未见的五倍子！

它怎么跑到这里来了啊？这小小的五倍子曾经是有恩于我的，而且这种恩情还是没齿难忘的。我的老家在陕西省丹凤县的山区，小时候家里特别的穷，衣不遮体、食不果腹不说，根本没有上学的条件。我勉强上到了小学毕业，按照父亲的想法，如果想上中学可以，那自己想办法赚学费，不然就回家放牛种地吧。当时山里的条件差，还没有任何赚钱的出路，唯一的办法就是上山采药，但是山上不值钱的药材有，比如苍术、连翘、五味子，比较值钱的药材却非常稀少，比如天麻、茯苓和五倍子。

为了能够继续上学，我只好答应父亲，自己赚钱来养活自己。那年月上学特别不容易，除了学杂费还有伙食费，而且还不通电，照明用的还是煤油灯，仅仅是灌煤油都是一笔不小的开支。靠着卖柴和普通的药材，我勉强读完了初一。进入初二那一年，我连煤油灯都点不起了，晚上看书只好借着月光，没有月光就点着松树油子。松树油子点着烟雾很大，不仅熏得人直流眼泪，鼻子和气管里全是黑的。

正当我几乎坚持不下去的时候，突然有一天，药材铺的掌柜告诉我，你可以去采采五倍子，这种药材的收购价钱贵。当时，我对五倍子一无所知，还以为他说的是五味子呢。这位好心的掌柜，也许是可怜我吧，就拿出一把五倍子，详细地告诉我，五倍子树大概是什么样子，大概长在什么地方。

我一听，脑子嗡嗡直响，正好是开学不久的秋天，正好是五倍子采摘的季节，又正好是周末时间，我赶紧爬上了我们家后边的那座山。我爬呀爬呀，也不知道爬了多久，也许上天保佑，也许运气好吧，在半山腰的一片树林子中间，看见了两棵亲爱的五倍子树。我记得非常清楚，那天的天气特别好，风特别轻，阳光透过树叶洒下来，感觉特别醇厚而温暖。我爬上树，每次摸到五倍子的时候，像是不小心碰到了女生的手指头，我的心都会怦怦直跳。那天，我找到了两棵五倍子树，采了半袋子五倍子，然后带回家晒干，再拿到药材铺卖掉。

采摘的五倍子先后卖了多少钱，我已经不记得了，只记得靠着它们，可以继续上学了。每次卖完了五倍子，我不仅去商店买一桶煤油，还会走进药材铺隔壁的那家饭馆，花两毛钱吃上一小碗葱花面，这可是时隔一两周才能见到的荤腥。

可惜的是，秋去冬来，五倍子一年只长一季，所以在漫长的岁月中，我常常望着那座大山，盼望着时间快快过去，盼望着五倍子好好长大。为此，我有几次，还专门爬上山，像种庄稼一样，为几棵五倍子树拔拔草、松松土，希望它们能够健康地活着。我当时还有一个想法，既然核桃树、苹果树都可以栽种，五倍子树应该也可以栽种吧？于是，我按照栽种其他树木的办法，心疼地拿出三个五倍子，在春天的一场细雨过后，把它们埋在了我家的房后，经常给它们浇水施肥，但是直到夏天也不见它们发芽，我还伤心过很长一段时间呢。

我当时就在琢磨，被自己采摘的又被自己卖掉的五倍子最后都跑到哪里去了，如今才知道它们也被这些生物公司收回去，制成了各种各样的东西，更深刻地改善着我们的日常生活。

2

在湖北五峰与五倍子再次重逢，我的心情可以说是特别激动。随着参观的进一步加深，我对自己的无知和浅薄表示道歉。

当年，我在学校学过一些中医知识，知道五倍子是一味中药，性寒、味酸、涩，归肺、大肠、肾经，具有敛肺降火、涩肠止泻、敛汗、止血、收湿敛疮之功效，常用于肺虚久咳、肺热咳嗽、久泻久痢、盗汗、消渴、便血痔血、外伤出血、痈肿疮毒、皮肤湿烂等症。但是，我没有想到小小的五倍子，竟然可以生出这么多的"孩子"，而且看似其貌不扬，却个个身怀"绝技"，不仅有粉末状的工业原料，还有深加工出来的系列产品。

可以生产杀菌剂、消臭剂、解毒剂、针织品的固色剂、皮革柔软剂、稀有金属分离剂、感光材料的感光剂、印刷油墨的着色剂、橡胶工业的凝固剂、选矿工业的抑制剂、啤酒澄清剂、食品抗氧化剂、植物生长调节剂、紫外线吸收剂、照相显影剂，还有木制涂料的防腐、防水、防虫剂……

原来，五倍子简直就是一株"仙草"！被广泛应用到食品、饮料、保健品、化妆品、药品、日化、纺织、冶金等行业中。但是，我从这家生物公司的介绍中，能认识的只有面膜和蜂蜜，能说得清楚的只有天然抗氧化剂，因为被普遍添加在我们的食品中，不仅能够延长保质期，几乎还没有任何的副作用。

所以，五倍子还有一个名字叫"冬虫夏果"，它不仅和冬虫夏草一样名贵，再深入一了解才发现，它和冬虫夏草的成因差不多，并不是树上结出的果实，而是生活于青苔里的五倍子幼蚜，在春天的三四月份，羽化为"仙"，飞离地面，寄生于五倍子树的叶子上，吸食叶子里的汁液，同时分泌唾液，刺激树叶组织不断增生，慢慢把五倍子蚜虫包在里面，并不断繁殖而生长出来的。等五倍子成熟后，有些地方会自然破裂，五倍子蚜虫的翅膀也硬了，便"破茧而出"，回到树下的青苔上继续大吃大喝，繁殖后代，度过寒冬，只等着春暖花开，再次飞回树上。你说它是好吃懒做的寄生虫也好，说它是不图回报的劳模也罢，反正在树上树下的循环往复中，在寒来暑往、冬去春来的交替中，那一树树的五倍子就这么长了出来，而且是生生不息、成倍成倍地增加，这恐怕便是五倍子中"五倍"的来历吧？

我的老家属于秦岭南麓，和湖北是接壤的，河水一直下流，最后就注入了长江，而五峰属于长江流域，北部紧邻着长江，从这个层面来说，我们与五峰是有水土关系的。所以，几十年后，在五峰重逢五倍子也就说得通了。在结束这家生物公司的参观的时候，我偷偷地拿了一个五倍子，掰了中间的一点虫子放进嘴里尝了尝，并不像"性味归经"里所说，是酸涩的，几乎淡淡的咸味中含着淡淡的甜。

我把这个五倍子带回了上海，放在了书房的窗台上，每每看上一眼，昔日的那种感动都会扫过心头。

3

真是罪过，直到参观结束，走出那扇大门，我不舍地回头的时候，才发现黑色的大理石上雕刻着四个金色的大字——赤诚生物。回到上海以后的好多天，每次看到从五峰带回来的五倍子，脑子里都会跳出"赤诚生物"几个字。

诚——真实的，实在的，能组成的词语为真诚、忠诚、诚心、诚信等。赤——比朱红稍浅的颜色，泛指红色，象征革命，表示用鲜血争取自由，能组成的词语有赤膊、赤忱、赤红、赤心等。不过，"赤诚生物"里的"赤"是另有所指的，因为他们的创始人，也就是董事长，名字叫陈赤清。陈赤清是"赤诚"的根脉源头，所以我通过当地的朋友，联系到了陈赤清先生，不仅仅是想咨询几个专业问题，而且也想和他聊聊我心心念念的五倍子。我是在晚上九点下班以后打电话给他的，在宁静的夜色中倾听完了五倍子是如何成就了他。

陈赤清先生是五峰土家族自治县傅家堰乡左泉洞村人，属于县城西北约五十公里处的边陲，那里山大沟深，地理位置特别偏僻。左泉洞，本来叫左钱洞，说起改名字的事情，当地至今还流传着一个令人唏嘘的故事。

相传，洞里住着一位乐善好施的神仙，周围的居民们一旦遇到了困难，比如盖房呀，嫁娶呀，安葬呀，看病啊，一时急着用钱，便可以来到洞外，焚一炷香，禀明所为何事，需要多少银两，然后磕三个响头，神仙就会显灵予以资助，分文不少地飞出银两来。虽然神仙并未说明，那钱到底是送还是借，但是大家知恩图报，等到手中宽裕一些，都是要如数奉还的。后来，有一个财主起了贪心，本来家里十分富裕，却编造了不少谎言，借了好几笔钱，每次还钱的时候，他都扬一扬袖子，假装还钱的样子，神仙发现自己被欺骗之后，居民们再来借钱就不灵验了。再后来，大家不想再提起这个丢脸的故事，所以就把左钱洞改成了左泉洞。

陈赤清先生告诉我，用当地方言来讲，"左"就是"借"的意思，如今的左泉洞村，确实有一个溶洞，洞外有一眼泉水汩汩流淌，洞里的空间很大，钟乳石犹如雕梁画栋，像天界神宫一样漂亮。陈赤清小时候不仅经常听到这个传说，而且还经常钻进洞里玩耍，大人们则在溶洞里制造炸药，用来开山修路。

也许是耳濡目染的原因吧，陈赤清从小到大都特别讲诚信。陈赤清说，他觉得吧，那并不是一个传说，而是一个人安身立命的根本。

1977年2月出生的陈赤清，和我有着差不多的经历，因为都生在大山中，所以少年时代非常艰苦，而且曾经靠着采摘五倍子赚过学费。他是在镇上读完小学和初中的，然后翻过一座叫沙子垭的大山，到距离五十公里外的县城上了高中。他和所有的农民子弟一样，人生最初的梦想和最大的动力，就是跳出农门，吃上商品粮。他的努力没有白费，在高中毕业的时候，他一下子考上了武汉的大学，而且学的是计算机管理，在当时可是非常前沿的专业。

也许是被生活所逼吧，陈赤清在大学期间便开始当起了"小老板"，利用课余时间从外边批发一些小商品，然后拿到宿舍出售。到大学毕业的时候，除了自己日常的花销，他竟然成了"万元户"，有了1万元的积蓄。

　　陈赤清怀揣这笔"巨款"，像怀抱着对未来无限的憧憬，在武汉的大街上一边奔跑，一边思考着一个问题，如何用这些钱当成一个支点，去撬动生机勃勃的人生。他的心中一直向往的是国际化大都市上海，所以很快拟订了自己的计划：花4500元学开车，在那个浪奔浪流的上海滩，多一份技能也许就多一个机会。但是，他的心里特别不踏实，学完车仅仅剩下5500元，到上海万一一时找不到工作，吃饭，交通，住宿，根本是支持不了几天的。

　　那怎么办呢？干脆，再做一笔生意，等赚够了资本再去闯荡上海滩。于是，陈赤清把目光投向了十分热门的电脑软件，从武汉的电脑城批发电脑软件，然后贩卖到了老家宜昌。没有想到的是，商场如战场，处处布满了陷阱，人家批发给他的软件，都是即将被淘汰的产品，加上电脑软件更新换代特别快，他的软件根本就卖不出去，所以1万元的本钱很快被赔了个精光。

　　第一次试水就遭受到了打击，陈赤清只好选择回到了五峰。在当时，大学毕业生，尤其学计算机的，是非常紧缺的人才，所以陈赤清轻而易举地进入了国企。不过，对于陈赤清来说，不算是"败走麦城"，而算是一种成全和命中注定，因为这家国企的主要产业就是五倍子加工。

　　陈赤清选择了销售岗位，因为可以全国各地跑，借机看看外边的世界。非常幸运的是，厂长非常开明，为了创造工作条件，不惜代价花费了一万多元买了一台电脑，专门供陈赤清用来在网络上搜集有关五倍子的各种信息。但是，安稳的日子过了一年，由于国企改制，这家国企不幸破产了，陈赤清也随之下了岗。正在这个时候，张家界一家企业，发现网络上有关五倍子的信息都是陈赤清发的，就千方百计地把他给挖了过去，并且任命为负责销售的副总经理。

　　陈赤清工作很拼命，用他自己的话说，24小时上班，只图拿8小时的工资。但是老板一点不讲诚信，天天画大饼，却从来不兑现，2004 年 3 月，陈赤清一气之下就辞了职。这一次，是为了有关诚信的信念，更是为了自己心存的抱负。

4

陈赤清再次回到五峰，真是迷茫到了极点。当时，他寄宿在一个同学的药店里，一边学开车一边帮同学卖药，常常看着来来往往的买药人发呆。他永远忘不了 2004 年夏天，那是一个中午，太阳火辣辣地照着，知了在声声地叫着，他懒洋洋地躺在床上准备午休，但是盯着天花板怎么也睡不着。他心想，自己已经 27 岁，即将迎来而立之年，如今不仅一事无成，而且连落脚的地方都没有！

陈赤清猛然地捶打了一下自己的胸脯，不禁感叹，陈赤清啊陈赤清，你怎么可以这样消极呢？他跳下了床，正在这个时候，他的手机铃声响了，是一首叫《真心英雄》的歌：“把握生命里的每一分钟，全力以赴我们心中的梦。不经历风雨怎么见彩虹，没有人能随随便便成功……”

打电话的是一个上海老板，他要采购十吨五倍子产品。他是陈赤清联系过的客户，有一次去张家界采购，因为感冒发烧去医院看病，陈赤清跑前跑后地照顾他。陈赤清为人的真诚令他特别感动，听说陈赤清已经离职，而且暂时又无事可干，他就建议陈赤清，五峰也盛产五倍子，你可以自己干啊！陈赤清刚刚放下电话，不过五分钟吧，《真心英雄》再次响了起来。这一次是天津的客户打来的，也说出了同样的话，你为什么不自己干啊？

对呀！我为什么不自己干呢?! 接完了两个相同的电话，陈赤清特别兴奋，赶紧给一个在湾潭镇当副镇长的同学打了电话，说自己想创业，问那里有没有厂房可以出租。老同学说，可以去渔洋关，于是介绍了他的一个亲戚。这个亲戚叫毛业富，粮食加工厂的厂长。工厂同样因为国企改制而破产，他当时一个人守着厂子，正陷入无比的苦闷中呢，所以听到陈赤清想租厂房的计划，立即就答应了。不过，提了个条件，他要参与其中。因为，陈赤清的好名声在外，大家都信得过他，多年以后的事实证明，毛业富的信任是有眼光的，他成了赤诚生物的第二大股东，占股比例为18.48%，仅次于陈赤清的19.40%。

陈赤清放下副镇长的电话，借了一辆摩托车，在前往渔洋关的公路上狂奔着，风呼呼而过，花草树木纷纷倒退，他的眼前都是曙光。陈赤清告诉我，渔洋关后来变成了五峰的新县城，自己初创时的工厂变成了县政府的大楼，而赤诚生物不仅在本土扎下了根，还开出了宜昌赤诚、湖南梓雅、贵州佳倍、云南中倍等几朵金花。

陈赤清说，日子最难过的，是刚刚准备建厂的时候，因为自己没有购买设备的资金，想找朋友借一点吧，每次接通电话以后，讲了五倍子的用途，讲了加工五倍子的市场前景，最后却不好意思张口借钱。当时，宜昌好多工厂倒闭以后，把设备当成废品处理掉了，他就天天骑着摩托车，前往废品收购站"淘宝"，电机，管道，阀门，大到锅炉，小到螺丝，被他几乎以破铜烂铁的价格一件件地收了回来。

但是，干燥塔的雾化器属于专业设备，他只好把刚刚收回来的五倍子原料卖掉，筹集两万元买了一台新的。最值钱的设备是储罐，都是不锈钢的，每个价格两万元，如果采购的话，需要一大笔资金，陈赤清绞尽脑汁，最后想到了一个妙招，从民间请来了几个木匠，用杉木打了8个木桶，每个木桶容积为两吨。这种木桶好处很多，尤其是不会生锈。

冬去春又回，2005年3月，万事俱备的赤诚生物准备投入试产，但是作为原料的五倍子已经卖掉，去收购吧，又不是收获期。上海可谓是陈赤清的福地，当初鼓动他自己创业的上海老板，立即伸出了援手，不要订金，不用提前支付货款，完全靠着对陈赤清的信任，从贵州遵义调拨了价值 60 万元的五倍子，唯一的条件就是生产出来的产品全部销售给他。

陈赤清当时的心情估计比一个待产孕妇还要复杂，可谓是既激动又不安，与工人们吃在一起、住在一起。让他非常难受的是，第一批加工出来的产品，颜色偏黑，杂质很多，进行严格的检验后，结果显示是不合格的。我问陈赤清，大概有多少？他告诉我说，有七八百公斤吧，最后全部当成废物扔掉了。我故意问，扔掉多可惜，为什么不留着，掺杂掺杂拿去销售呢？他的话又回到了开头：做人处事，最重要的是真诚和守信。

试产失败，陈赤清并不为此而气馁，对管道和设备进行了清洗和调试，然后加工出来的产品就完全达标了。2005 年这一年，实现销售收入100 多万元，上半年亏了 7 万元，下半年就扭亏为盈，赚了 8 万元，全年净利润有 1 万元，陈赤清和合作伙伴毛业富，每人分到了 5000 元。

钱虽然不多，但是盈利的那种感觉真好。那年的春节，陈赤清别着5000 块钱，回到老家左泉洞村，放炮，给老人买礼物，请乡亲们抽烟喝酒，告慰左泉洞的神灵，可谓是信心满满、踌躇满志。

陈赤清讲到自己的成功，如果有什么秘诀的话，那就是"赤诚"两个字。赤诚生物开始一步一步朝着成功迈进：2006 年的销售收入翻了番；2008 年全球金融危机，公司的日子普遍不好过，赤诚生物的纯利润同样达到了 300 万元；2009 年公司搬迁到五峰工业园，对设备进行全面更新换代，建设了 3000 平方米的标准生产车间，固定资产达到了 2000万元，销售收入达到 1200 万元，同时还获得了进出口经营权，正式开始向海外市场拓展……2021 年销售收入 4 个亿，上缴税收 1800 万元，纳税金额排名五峰土家族自治县之首。

陈赤清的目光并不一直朝前看，或者说是朝"钱"看，而是突然朝回一转，向自己的身后看去，开始审视又一个课题——自己办的公司，对五峰的老百姓和这一方水土，实实在在的改变在哪里呢？

2010 年 5 月 2 日的晚上，陈赤清突然接到一个电话，是时任五峰县委书记陈华打来的，叫陈赤清过去聊聊。那天晚上的促膝长谈，让陈赤清彻夜难眠、心潮澎湃，没有想到两个人的思考不谋而合：五倍子的原料，无论从外地还是本地收购，全是靠着自然生长，"原料基本靠天"，于是必须尽快引进五倍子工人栽培技术。

陈赤清马上派人前往北京和武汉，请来了不少专家，经过技术攻关，突破了苔藓种植、蚜虫繁育、蚜虫放飞、倍林间作等一系列技术，然后将技术无偿传授给当地老百姓。五倍子对生长的土地没有太多要求，山上山下可以种，田间地头可以种，房前屋后也可以种，五倍子林里还可以套种其他药材或者庄稼，而且收摘的五倍子不愁卖不出去，全部由赤诚生物回购，所以得到了老百姓的积极响应。目前，仅仅五峰土家族自治县，人工繁育五倍子树 25300 亩，每亩 110 株，3000 多户依靠五倍子的收入脱贫致富，最多的一户年收入有十几万元。而且人工栽培技术正在从五峰出发，朝着宜昌其他县市、贵州、重庆等地区不断扩大。

听到这里，我想起小时候的经历，就很好奇地问，五倍子树到底是怎么栽出来的呢？陈赤清说，你种的是五倍子，而不是种子，它们并不是一回事，简单的过程是把种子剥掉皮，然后埋进土里，等出苗后，冬季或者次春移栽即可，而且当年就可以收获了。每年 3 月份，收集倍蚜幼虫，在十几度的恒温下，经过 28 天的人工培育，然后装进纸袋子，钉在树上，以便于它们寄宿到叶面，避免了野生的五倍子繁育中受到天气，比如倒春寒的影响，产量稳定而大幅度地提高了。

那天，能够听到在电话那头轻微的咳嗽声，我明白那个叫五峰的地方应该已经降温，可能他是偶感风寒的原因，更重要的原因应该是过于劳累。我放下电话，已经接近晚上十一点，由于共同的童年回忆，也由于共同的语言——五倍子，虽然在五峰采风的时候，无法对号入座地认出陈赤清，但是我们之间似乎又亲切了几分，尤其是我，有点自作主张地认为，我们都是五倍子养大的兄弟。呵，突然发现他也姓陈，起码三百年前是一家啊！

我离开五倍子毕竟几十年了，它具体的模样我已经不记得了，就又问了一个常识性的问题，五倍子树是几月开花，花是什么颜色的。陈赤清告诉我，开花在九月份左右，结果子是九十月份，几乎同时开花、同时结果，那花是白色的，到了秋天，满山遍野白花花一片，而到了深秋初冬，经过风吹霜打，叶子呈鲜红色，色彩绚丽，颇为美观，亦是一种很好的风景。尤其五倍子花，还是蜜蜂的最爱，又特别富有营养，所以到了花期，蜜蜂会成群结队地飞来，一边赏花一边采蜜，然后再酿成蜂蜜，给这个世界增添了无尽的甜蜜。

在放下电话之前，陈赤清突然说，你留个地址给我吧。我一时没有反应过来，以为上海是他梦想的福地，打算来上海的时候见上一面。他却说，我给你寄点公司产生的五倍子蜂蜜和面膜过去。我立即拒绝了。不过，我看了看窗台上的那个五倍子，在迷离的夜色中发出淡淡的光，心里不禁在想，如果他能寄我一包五倍子，或者是五倍子的花和叶，哪怕是五倍子树下的泥巴，我肯定是乐于接受的。

这篇文章划上句号的时候，我看到一条来自五峰的快递已寄出的消息，我暗暗地高兴了起来，如果没有猜错的话，应该是当地朋友寄来的两块石头。它们不是普通的石头，而是两块生物化石，说不定是五倍子化来的呢。按照朋友的说法，从五峰飞向我的，至少是 1.5 亿年的时光。

蒙　自

1

十一年前，8月23日下午3点，上海的天空比往常要蓝一点。

我和平日一样，正在参加报社的编前会，是每天三个会议中的一个，内容是听听编辑记者从四面八方收集来的各种线索，有钓鱼岛的争端，有腐败分子"表哥"杨达才的进展，当然有捐款行善的，更多的是车祸和情感纠葛。大家要对这些铺天盖地的信息，统统地梳理、判断一遍，为第二天的报纸策划新闻卖点。说实在的，我们的工作，比起麻雀还要敏感，必须提前捕捉到天亮的消息，然后开始叽叽喳喳地鸣叫。

会议开到一半的时候，我接到了一个010开头的电话。对我这个诗人而言，首都的这个电话区号，是诗歌消息的代名词，因为我只认识首都的几个诗人。没有诗歌，联系没有兴奋点。不知从哪一天开始，诗歌成了我的血液，凡是喜欢诗歌的朋友，他们就是我的直系亲属，那种亲切感绝对不会超出血亲两代，所以接到与诗歌有关的电话，我都是很激动的。

果然，电话是蓝野从伟大首都北京打过来的，他是诗人，时任《诗刊》事业发展部副主任，他的声音在诗歌界独一无二，那种男人的温柔绝对超过所有的绵羊。他说："我正式通知你，你入选了第二十八届青春诗会。"他说完，我们就不约而同地挂了电话，没有多余的寒暄。我急着结束，是因为我控制不住激动的情绪；他急着结束，可能是因为还有其他人需要一一通知。

放下电话，我没有继续参加接下来的会议，立马走出大楼，漫无目的地在大街上走着，走过新闸路沁园村阮玲玉自杀的爱巢，走过常德路常德公寓张爱玲眺望的旧居。我在南京路牌上停了下来，抬起头仰望着天空——此时的天空确实好蓝，真是"蓝野"的蓝啊。

这种心情在这届青春诗会的同学里，许多人都有这样的体会，宁夏同心县的马占祥发微博没头没尾地说："努力了这么多年，终于上了！"马占祥后来告诉我，接到通知后，他真想"和每一个亲人通信/告诉他们我的幸福/那幸福的闪电告诉我的/我将告诉每一个人……"同学们之所以如此激动，不仅仅是进入了名单，跨过了一个门槛，还因为消息来得太突然。

《诗刊》的新浪博客是随后才发布公告的——

经过对来稿青年诗人的资格审查，以及《诗刊》社全体编辑初选，雷平阳、荣荣、杨志学、谢建平、蓝野再次筛选，谢冕、大解、雷平阳、荣荣、霍俊明最终筛选四个环节的选拔，由高洪波主编确认，确定了参加诗刊社第28届"青春诗会"的13位青年诗人。

名单如下：陈仓（上海）、沈浩波（北京）、灯灯（浙江）、唐果（云南）、莫卧儿（四川）、三米深（福建）、泉溪（云南）、泉子（浙江）、天天（安徽）、唐小米（河北）、翩然落梅（河南）、王单单（云南）、马占祥（宁夏）。

会议于9月24日—29日在云南蒙自市召开，参会代表由

《诗刊》指定编辑逐一通知，并将于 9 月 23 日到云南蒙自市报到。

接下来整整一个月，到 9 月 23 日启程，我挤出所有的空余时间，对自己的诗一遍遍地再修改，一直改到出发前一天的第 22 稿。我告诉自己，我这次入选，不是领什么奖，不是去旅游，是当学生去的，去向天南地北的诗人学习，向这届青春诗会的大解、雷平阳、霍俊明三位辅导老师学习，向随行的编辑蓝野、彭敏、聂权、唐力、娜仁琪琪格等全体幕后的诗歌编辑学习，向培育了众多著名诗人和作家的云南这片土地学习。

由中国作协《诗刊》社主办的"青春诗会"，一直被誉为中国诗坛的黄埔军校，创办于 1980 年，首届邀请了舒婷、叶延滨、杨牧、顾城等 17 位青年诗人，诗坛前辈艾青、臧克家、田间、贺敬之等到会授课，严辰、邹获帆、柯岩、邵燕祥等亲自辅导，为参会的青年诗人修改作品，《诗刊》推出"青春诗会专号"以后引起轰动，为八十年代的中国诗歌热潮揭开了序幕。之后，青春诗会基本每年举办一次，优秀的青年诗人们由此纷纷登上了诗坛，许多人以"青春诗会"为起点，走上了中国文坛高地。

以参加青春诗会的先后为序，我所知道的就有于坚、西川、林雪、海男、曹宇翔、荣荣、汤养宗、大解、阎安、李元胜、娜夜、沈苇、臧棣、杜涯、胡弦、雷平阳、路也、陈先发，获得了鲁迅文学奖的诗歌奖。另外，参加了第 9 届的阿来、第 13 届的乔叶，是茅盾文学奖和鲁迅文学奖中篇小说奖的得主；参加了第 11 届的叶舟获得了鲁迅文学奖的短篇小说奖；参加了第 18 届的庞余亮和我，获得了鲁迅文学奖的散文奖；参加了第 31 届的杨庆祥获得了鲁迅文学奖的理论评论奖；等等。大家在文学领域的快速成长，不能说这之中没有"青春诗会"的力量。

2

　　9月23日，星期天，是我诗歌人生又一个出发的日子。这么多年，走遍了大江南北，基本是为了谋生。但这一次，轻松愉快多了。以往的旅程多为滚滚红尘，这次却是纯粹的一次灵魂之旅。《诗刊》给我预订的是吉祥航空早上8点多的机票，这家公司当时只有十几架飞机，航线少之又少，却与我的诗歌之旅吉祥地相遇了。

　　好多年了，第一次看到一轮秋日，如一枚甜蜜的柿子，从这个城市的地平线上徐徐地升起了。在去机场的路上，在心中孕育已久的一首诗《捕食》，终于喷涌而出：冲下去，逮住了，再冲下去/再逃脱。再抓住。再苦苦地挣扎/一只迎接晨曦的麻雀/与一只告别黑暗的蛾子/纠缠在一起，世界摇晃得厉害/这只麻雀在尽量燃烧/这只蛾子在拼命扑打/像一双翅膀要撕掉另一双翅膀/像一团光要灭掉另一团光/我是那个急着赶路的人/我的脚步声，无意中介入它们的战争/平衡被打破，和平随之而来/麻雀与蛾子丢下对方/朝着各自的方向撤离/我不知道自己凭什么/葬送了一只麻雀的早餐/救起了一只蛾子的小命/我不知道应该对谁表示歉意/站在谁的一边说声"谢谢"。

　　七点多登上飞机之后，我被告知因为天气的原因，我的航班被延误了。为诗歌等待，与初恋约会时的等待一样，是男人都愿意承受的煎熬。飞机终于在12点半的时候落在了昆明长水机场，我发现在机场出口有人举着牌子接机，牌子上写着"青春诗会"的字样。在随后的几天，"青春诗会"像仅有一行的诗句，在许多场合频繁地出现，特别让人热血沸腾的一次，是在并不宽阔的名叫鸣鹫镇的老街上，街上走动的多是纯朴的农民兄弟，不远处则是三教合一的"滇南第一洞天"缘狮洞。这应该是"青春诗会"走得最远、最接近土地的一次了。

全国各地的诗人与老师，都要在下午两点在长水机场会合，再一起乘上五个小时的汽车，前往云南偏南的红河哈尼族彝族自治州蒙自市。这次参加青春诗会的诗人，没有一个是我真正认识的，但是从机场出来，在一个咖啡店里，我一眼就认出了灯灯。因为我经常翻阅她的诗集《我说，嗯》，诗集上有一张小照片，她戴着一顶鸭舌帽，像一个民国时期的假小子。第二个认出来的是辅导老师雷平阳，我凭着一对小眼睛认出了他。他本人与照片上的样子反差十分强烈，在现实当中，他更像一个平平常常的脸上生了铁锈的云南农民。如果你细读过《云南记》，你就不会惊异于这种差别了，因为他的每一个文字不是从一个人的心口吐出的，而是从一片红土地里挖出来的，带着泥巴的清香，有时候让你误以为是一根沾血带肉的树根。

雷平阳获得鲁迅文学奖的诗集《云南记》，我早在几年前就在读了，那个时候我沉浸其中的只有两本书，一本是范晔翻译的《百年孤独》，讲述了一帮冒险者来到马孔多，在沼泽地建起一个文明的乌托邦，最后又因为人类文明的入侵，这座城市与它的缔造者一起，全部从世界上消失。整个叙事方式中，运用了无数富有张力的语言与意象，比如"魔鬼已被证明具有硫化物的属性"，比如把小金鱼熔了再铸、铸了再熔的孤独感，比如"没有一个亲人埋在这里，这里就不是你的故乡"，都是出神入化的史诗性的表达。

而另一本让人放不下的，就是雷平阳的《云南记》。除了《德钦县的天空下》"那一个人居住的县"，紧接着的一首《蓝》："过牛栏江时，天空/比两个月前蓝了一点/车过昭通城/又蓝了一点。跟着一朵白云/跑向欧家营的那半个小时/它蓝到了极限……天啊，不能再蓝了，再这么蓝下去/我的母亲，一个悲观主义者/她怎么承受得了你的蓝"。这首诗，其实书写的是诗人回家奔丧的情景，诗人的那种悲伤已经与天地化为一体，与蓝到极点的天空一样，让人绝望。

　　在读到这首《蓝》之前，我的后妈去世了，面对陷入巨大孤独之中的父亲，我真是无法表露自己的情绪。当时也写过一首诗，大意是在回家奔丧的路上，看到一条消息，世界上又有几百个湖泊消失了，这些澄明的湖水去哪里了呢？原来都汇集到了我的内心，准备酝酿一场破堤而来的风暴。对照一下，觉得自己有点矫情。

　　我第一时间关心的，是翩然落梅与夭夭两位女诗人会不会迷路。因为通常来说，诗人的生活处理能力都很差，河南商丘的翩然落梅说，必须带着儿子提前一天赶到郑州；安徽滁州的夭夭则一直唠叨，害怕出远门，害怕见到陌生人。她们提出担心的时候，我就开玩笑说，她们肯定会被人贩卖的，卖给一个诗人，让她们不停地写诗与之切磋。不过，我很快就看到了坐在拐角处的人，她穿着很有质感的灰布裙子，戴着一条围巾，从打扮中我确信这就是翩然落梅。

　　"多年后我希望自己是那个/正在河里洗浴的女人/而你是刚刚洗净画笔，默默看着窗外的男子"。这是翩然落梅2010年第8期发于《诗刊》"青春诗会直通车"栏目中的诗句，从诗中可以看出，她依然生活在才子佳人式的古典时代。翩然落梅一身陈年的色调，一针一线好像都是自己手工纺织的，连她的目光与脸庞也有着古老的气息，比民国时代的灯灯还要久远，应该是从唐朝穿越而来的吧。随后好多天，她的穿着都属于极淡然的时光感极强的风格，特别符合诗歌的审美气质。让人看着，是那么绵软、贴心与舒服。在她身上任何时候，包括围巾或者披肩，一根线头一个纽扣，都是经过时光打磨漂染过的，让你看不到刺眼、艳丽而生硬的光线。

　　我曾多次到过云南，说实在的，除了人黑、偏瘦，化石多，草木葱茏之外没有发现什么特别之处。这一次，当大巴刚刚驶出机场之后，我立即被震住了。时任《诗刊》常务副主编的商震，第二十八届青春诗会的"校长"，在接受《艺术云南》专访时说破了主题，"云南，中国的诗歌高地"。机场不远处，有一片正在开挖的工地，那泥巴红得像一团沉睡的火苗，石头像雕塑一般东倒西歪地摆着，再抬头看看，那云朵白白地堆在蓝天上，软，滑，让你有伸手触摸的欲望。关键是，如果用这些白云裹住自己的身体，你恐怕连痛和死也不在乎了吧？我似乎找到了于坚、雷平阳、海男等诗歌的源头，作为一个诗人，恐怕没有比生在云南、活在云南更合适的场景了。

时任《诗刊》编辑的娜仁琪琪格坐在首排，她不停地掏出手机，让你以为她不是拍照，而是去拿白云系在自己的头发上。她是蒙古族的诗人，此时也许想起了天高云轻的大草原。与我坐在一起的吴亚顺，时任《都市时报》记者，因是同行，一路上，我一边对着窗外惊呼，一边与他聊了一些时事新闻，以为这是他感兴趣的话题。后来才从博客里看到他的简介："图兰者清，原名吴亚顺，雄性，湖北井栏屋人、80后诗人、农民工、幻想者。"同时还读到一首《回人间》："我们把他找了回来/在山中，他坐成/一架枯骨//白骨上的蚂蚁/他身下的泥土/身边的草木/我们也带了回来……"原来他还是一位不错的诗人，后悔自己没有与他谈谈诗歌，任何一个诗人的身上都有我需要接住的光芒。

3

走了五个小时，于晚上7点多正式抵达青春诗会下榻的官房大酒店，这是红河州蒙自市当时唯一能有这个接待能力的酒店，我们则靠着诗歌住上了这么好的地方。欢迎晚宴在十几分钟后进行，参加的除了从全国各地赶来的诗人外，还有云南省以及红河州当地的诗人与官员。

晚宴上，我碰到了诗人刘年，他时任《边疆文学》诗歌编辑，作为工作人员全程参加了活动。我在文学刊物上隔三差五地能看到他，比如《诗刊》2012年第6期"诗歌新元素"栏目头条，刊登了他骑着自行车的照片，还有整整四个页码的《一缕晨曦》，第一首《深秋的睡莲》让人过目不忘："如果我说滇池的睡莲开了/即使是深秋，请你也要相信/如果我说爱你，请你也要相信/即使所有的星星都否认"。这样婉约而温情的诗句，让你很难想象出自一个黑不溜秋的、有点粗糙的、一激动就拍胸脯的男诗人笔下。不过，第二年的 2013 年，他就正式入选了第二十九届青春诗会，后来骑着摩托车穿越了青藏高原，成了一个非常有名的行吟诗人。

　　晚宴后，召开预备会，商震老师对学员提出了要求，要求大家严肃风纪，不能给诗会丢脸，不能给诗歌丢脸，不能给诗人丢脸。高潮是每个人站起来自报家门，正如你们所料，沈浩波的身份，还是被大家追加了一个符号。其实，他早就在"上"与"下"之间华丽转身，要真正了解沈浩波当时的创作状态，应该读读他刚刚出版的长诗《蝴蝶》，从《都市时报》的 13 人诗选中，我还读到了他的《云南上空的云》："自己站在自己的悬崖上/自己把自己/摔得粉身碎骨/自己在自己的海洋上/冲浪//云南上空的云/自己雕塑自己/雕塑的目的是通往永恒/但在云的世界/雕塑的目的像一个吻"。如果没有署名的话，你认为他是什么派别的诗人呢？

　　最后一个站起来的翩然落梅，她介绍自己是一个农民，家里有几亩薄田，春种玉米，秋种麦子。我也是农民出身，可惜已经远离土地、远离庄稼，所以我真的很羡慕她，这种农耕时代的田园生活，是她朴素而灵动的诗歌源泉，亦是我一直梦想的精神归宿。

　　散会后，大家到酒店对面的南湖上，继续品茶喝酒谈诗，特别要喝马占祥从宁夏同心县带到千里之外的枸杞酒。按照日程安排，当天仅仅是报到之日，没有什么诗歌的议题，但是青春诗会的旅程，早已经拉开了序幕，夜深人静了，诗人们还在南湖的波光倒影中，谈论着各自的文字，各自的世界，各自的王。真像在前世已经熟知了彼此，她是他救起的一只白狐妹妹，他是她扶起的一根小草兄弟。

马占祥打开他的 60 度白酒，一会儿要代表商震老师去敬大解，一会儿要代表沈浩波去敬霍俊明，一会儿要代表蓝野去敬雷平阳。被几位老师以"你凭什么代表我们"而拒绝，马占祥立即说我谁也不代表，只代表我一家五口，于是几两白酒咕嘟一声灌了下去。

我是不胜酒力的人，不知道如何躲酒的时候，《星星》诗刊的副主编李自国打来电话，他们要发一组我的诗，是头条，附录部分"创作年表"太长，版面排不上去，需要自己来删。我以此为借口逃回了酒店，临走时沈浩波大声对我说："你一定要回来扶我。"我处理完稿件，已经是晚上十二点多了，和我同住一间的沈浩波仍然未归。

我再次出门向南湖赶去，在岸边遇到了王单单与泉溪，都是云南本土诗人，酒是他们流在体外的血液。两个人彻彻底底地醉了，一个躺在无名树下，一个像柳枝儿似的斜倚在雕栏玉砌上。王单单，昭通市镇雄县人，原在一所乡村中学教语文，是诗坛杀出来的一匹小马驹。说他是小马驹觉得十分贴切，他的胳膊上有着小马驹似的横肉，老是穿着无袖的衣服，像随时准备在草原上奔驰。他为了参加诗会，提前几天到了昆明，据他说，已经连续喝了十几天的酒，喝进去的酒加在一起，可以装满一个澡堂子。

南湖是蒙自市一个著名的景区，建自明朝，又名"泮池"，有小西湖的美誉，水清见底，亭台楼阁，九曲回廊。闻一多先生曾把南湖比为农家少女，可见比起以西子来形容的杭州西湖，要安静朴素多了。晚上的南湖，真是安静得没有一丝声响，从湖心的长廊上走过，有三三两两的情侣隐藏其中，偶尔能听到一枚纽扣落在地上的声音。

我自然是迷路了，绕着湖转了一周。中间看到一家儿童乐园，夜色中的旋转木马与小火车闪着蓝色的光，我一时想到了惊悚片，常常有一两名死去的孩子，会回到人间的游乐场，重新体验那丢失的童年。中途还撞入一座寺庙一般的院落，里边没有一个人，门口趴着两只神兽似的雕塑，吓得我立即调头返回了宾馆。

不久，同房的沈浩波就回来了。他并没有我预料的醉态，而是异常清醒地倒在床上，呼呼地入睡了。第一夜，我像一个被冷在一边的新娘子，在排山倒海的呼噜声中失眠。我一会儿躺在床上数着无数的小猪飞过天空，一会儿委屈地坐在厕所的马桶上发呆。直到早晨七点，宾馆背后响起雄壮的军号，我才明白我青春诗会的头一天还没"过完"，第二天又开始了。

4

24日，会务要求早上7点就得起床，集体乘车前去参加第28届青春诗会的开幕式。在多数人的印象中，开幕式是所有会议中最无聊的一项。但是对于诗人，却是非常重要的，就如皇帝的头冠，虽然太沉重，上朝时却不得不扣在头上。

不仅仅只有我一个人一夜未睡，好几个同学不停地要找药店，有人想吃安眠药帮助睡眠，马占祥从北方来，水土不服，要治疗腹泻。不过，早上在食堂相见的时候，大家都换了新装，看上去精神抖擞。在北京打工的四川美女莫卧儿，穿着深红色的褶皱套裙；云南德宏州的唐果，套着一身黑色的职业装。她们突出了女性的要点，这是两位熟女的优势，看上去既庄重又喜庆。来自河北唐山的唐小米与夭夭也一样漂亮，一个水蓝，一个粉红；客居浙江的灯灯，回归女儿妆，破例摘掉了帽子，原来她并不是头秃，竟然露出一头乌黑的秀发；翩然落梅仍然一身旧时光的色调。

早上9点，开幕式准时在蒙自市行政中心C区101会议室进行，几百人的会议室坐得满当当的。前往会议室要穿过机关大楼的走廊，公务员已经上班了，各自在忙各自的事情，与诗人在楼道相遇的时候，点点头就过去了，对这场会议保持着应有的平淡。没有吃惊，也没有冷视，说明这样的文学会议在蒙自经常召开。如果你了解蒙自的过去，那么你就明白之中的内情，刚刚去世的这座行政中心的领导——市委书记陈强，是一个纯粹的诗人。他不但写诗，还自己出任主编，主持创办了诗歌内刊《诗红河》，可见他对诗歌的热爱，在诗歌的面前他愿意放下身段。

13 位同学合影留念的时候，我站在第一排的最左边，因为我还要兼职拍一点照片，站在这里出入方便很多。似乎有些边缘化，不过，现在再回味这一站位，有着某种神秘的预示，正是从这次青春诗会结束时开始，我很快游离出了诗人队伍，慢慢地朝着一个小说家的方向靠拢。

出席开幕式的阵容特别强大，时任红河哈尼族彝族自治州委书记的刘一平出席了，他算是一位作家，加入了中国作家协会，出过诗词集《一平诗话》《心灵的台阶》。他自始至终挺直着腰，保持着对诗歌的一种敬畏，给我的第一印象是焦裕禄一般的人物，爽朗，正直，心中装着的只有这片土地与这片土地上的父老乡亲。时任蒙自市的代市长张智俊介绍了蒙自的情况，时任中国作协副主席、《诗刊》主编的高洪波介绍了青春诗会的历史。《边疆文学》是这次诗会的又一个协办单位，他们将与《诗刊》一起，出版一期"青春诗会"专号，总编辑潘灵，布依族人，像个东南亚华侨，表示对年轻诗人充满了期待。

最后一个出场的是青春诗会的学员代表。头一天商量由谁上台，代表13 名学员发言的时候，大家一致推荐沈浩波。第一，他是磨铁图书的大老板，见过大场面，从不怯场，讲话这种事稀松平常；第二，他有着极强的气场，讲起话来肯定很有感染力；第三，他在诗坛内外的名气都很大，作为我们的形象大使，有影响，号召力强；第四，卖相好，皮肤光滑，脸上没疮没疤，而且天庭饱满、地阁方圆，是旺诗之相，身上还总是带着隔夜的酒气，这与诗仙李白的气质完全相符。

　　沈浩波是坐在台下的人群中发言的，大家只听到他声音洪亮，用词生动，但是不知道声音从什么地方发出的。我以为是播音室的广播，而其他人都在四下张望，以为是从窗外的云层上边传来的宇宙之音。很快，大家把目光全部转向一个闪闪发光的大头，确定这才是声音的源头。我当时留着一头自来卷，此后不久也剃了一颗光头，不知道是不是受到了沈浩波的暗示。

　　后来，读到《文艺报》记者黄尚恩的报道，沈浩波发言的大意是："蒙自是一座小城，但我们却从中看到它的宽广和包容。西南联大的历史、碧色寨的铁轨、哀牢山的苍劲、红河的奔腾，都为这座城市积淀了丰厚的文化底蕴。这种感觉，与我们对于诗歌的追求是一致的，就是要'小中见大'。我们追求诗歌之'小'，但是我们追求诗歌的立意要高、意蕴要广。诗人在进行诗歌创作时，要处理好'小'与'大'之间的关系。我们写作时容易贪于'大'或沉溺于'小'，然而如何从'小'中领略人和自然、人和社会、人和生命之间的关系，才是诗人真正应该面对的。"

　　读到这段话，再结合沈浩波的诗歌，我似乎悟出了点什么。其实在他的诗歌创作当中，"大"与"小"已经把握得炉火纯青。我们的诗歌中，往往会出现一些概念化的词语，比如"世界"，比如"生活"，以为只有这些大时空的概念，才能表达出自己的感情厚度和宽度。其实不然，反而显得空洞，让读者很难找到感受的着力点，如一个飘着的气球，很大，很轻，但是我们却难以把它抓住。有许多优秀的诗歌就是以"小"取胜的，有时候"小"就是细节，反而更容易表达"大"的主题，如一根针，可以轻轻地把气球刺破。

　　24日下午的议程，是著名诗人、评论家、青春诗会辅导老师霍俊明，代表到会的专家们到红河学院，给学生以及诗人们上一堂诗歌教育课。红河学院是红河哈尼族彝族自治州的最高学府，会场已经黑压压一片，足有好几百人，这样的场面很容易烘托气氛，所以几个小时的讲座，大家专注倾听，热烈拍手，期间一分钟也没有离场。霍老师的主题是《当下诗歌与中国的"现实"》，课是以演讲的方式展开的，台风随和、风趣幽默，针砭时弊，自由发挥，声音富有磁性，和罗永浩在保利剧院的演讲相似。可以看出，他不是生活在象牙塔里的教授，也不是只在故纸堆里爬来爬去的文虫。他面对现实热点，举了很多的例子，批评了"吊丝"之类的热门词汇。而且正面抨击了这"体"那"体"，由中国的现状然后联系到诗歌，特别三次引用了沈浩波的作品。沈浩波的《文楼村纪事》《我们那儿的生死问题》等，确实有着当下诗歌缺少的批判精神。

讲座的最后一个环节是学生自由提问。印象深刻的是，有学生提出"如何理解坏人与艺术"的关系，并举了几个坏人在文学方面的成就。霍老师的回答并不像故有的那样，"要写好文章，先学做人"，而是从文人的多面性与精神分裂，进行了非常独特的解读。他表示，有些文人是一个分裂的个体，在生活中他可能是一个坏人，但一旦进入艺术世界，就又变成了一个好人。我基本赞同他的说法，海子有一首诗《春天，十个海子》，也许表现的就是这种分裂："春天，十个海子低低地怒吼/围着你和我跳舞、唱歌/扯乱你的黑头发，骑上你飞奔而去，尘土飞扬/你被劈开的疼痛在大地弥漫/在春天，野蛮而复仇的海子/就剩这一个，最后一个……"。

对于这场讲座，商震老师十分满意地表示，如今在这里埋下一粒种子，说不定若干年后，从这里会走出一两个出色的诗人。霍老师应该对自己的这一课也十分满意，据沈浩波后来说，当天晚上，一向内敛而少语的还会脸红的霍老师，喝酒的时候放得很开，用最大的杯子，主动与许多人敬酒，喝了半斤还是八两，谁也说不清楚。

5

　　会议安排得十分紧张，当夜幕降临的时候，诗人们匆匆地吃罢晚饭，紧接着又要前往红河哈尼族彝族自治州体育馆，参加"第28届青春诗会迎宾晚会暨第四届中国蒙自过桥米线美食文化旅游节开幕式"。前往晚会现场的时候，也许是唐小米，也许是夭夭，说米线节嘛，肯定是米线随便吃，于是没有吃晚饭，想空着肚子，来好好地品尝米线。但赶到现场才知道，并没有一根米线，只有与米线相关的文化大餐。

　　在没有到过云南之前，我已经是米线的推崇者了，虽然那时候吃的米线，仅放一点青菜和一把盐，并没有鸡汤、鹌鹑蛋、黄花菜和鱼片等一堆配料，我依然觉得那是人间最好的美味之一。晚会很成功，最吸引我的是有关过桥米线的浪漫传说：话说有一位蒙自的秀才，躲到南湖中的小岛读书，他的贤惠妻子每天给他送饭，每次送到时都凉了。有一天，她送了一罐鸡汤，揭开一看，竟然热乎乎的，原来汤上面厚厚的一层鸡油有保温效果，从此她就做鸡汤米线给秀才吃。在妻子的精心照料下，秀才更加发奋读书，终于考上了状元。因为送饭去南湖要经过一座小桥，所以就叫过桥米线。

　　任何传说，都是有现实基础的。听完故事我想了想，蒙自的女人还真是如此，她们对男人，不委曲求全，不故作高傲，不霸道倔强。蒙自的女人在男人面前，既不失自尊又不傲慢，既不泼辣又不冷漠，既贤惠又不迂腐，通情达理，温柔体贴，一举一动都照顾着男人的内心，不知不觉间会把你融化，和她们交往，真像吃了一大碗鸡汤米线一样，既有营养又舒服妥帖还痛快淋漓。

　　25日，主要的安排是，把学员分成三组，由辅导老师进行辅导，修改稿件。我、沈浩波、唐小米、夭夭被分到了第二组，辅导老师是雷平阳，《诗刊》编辑是彭敏。彭敏，别以为这是一个女生，那只是一个女人的名字而已，他后来多次登上央视，获得了《中国成语大会第二季》总冠军，《中国汉字听写大会第三季》成人组总冠军，《中国诗词大会第五季》总冠军，成了诗歌网红。他写过一本散文集，书名叫《被嘲笑过的梦想，总有一天会让你闪闪发光》，仅仅这句话就特别励志，我用来激励过不少年轻人。

商震老师提出了要求，改稿地点由辅导老师自己找，要喝茶，要吃饭，都由辅导老师自掏腰包。我们学员不但不用付学费，还可以白吃白喝，真是乐开了花，大家纷纷表示，希望能到"有花的地方，有波光的地方，最好有月亮"，而且为了有力气改稿，得先吃一碗最好的过桥米线。这些要求，对于人生地不熟的大解与霍俊明来说，确实是没有办法达到的，起码在大白天要有月亮，应该只有神仙才能办到吧？但是对于本土的雷平阳来说，这一切都是小菜一碟。他头一天晚上已经悄悄地通知我们四位学员，要带我们去一个特别的地方吃早餐，然后改稿子，然后吃晚餐。

25日早晨，雷平阳弄来两辆黑色的小轿车，已经等候在了酒店门口，把我们拉向一个谁也不知道的神秘场所。汽车驶过蒙自大街，驶出小城的时候，起雾了，白茫茫的雾与天空的云朵混在一起，真像出入仙境一般。唐小米一边惊呼一边兴奋地拍照。她说，你们看，那边的云，长得好像起伏的山峦！我和彭敏看了半天，怀疑地想，分明就是山峦呀！只不过这些山峦在云雾中时隐时现，所以就变得时明时暗，时高时低，时远时近了。彭敏回头问开车的师傅，师傅笑而不答。原来，看山是山，看云是云；看山不是山，看云不是云；看山还是山，看云还是云。

大约驱车二十公里，雷平阳把我们领到了一片田野，可以说是荒郊野外，除了搭着几个棚子，四周没有农舍，也没有工厂。我们以为，要在这里搞摔跤比赛呢。在这片田野上，有一条泥泞的小路，路的一边停满了小车和卖石榴的摊子，而路的另一边是一家农家乐，专门经营带皮牛肉米线。

农家乐虽然处在荒地里，但是筒子锅里的牛骨头汤，正在热气腾腾地翻滚着，门前已经排了好长的队伍，几十号人捧着青瓷"天下第一碗"，埋着头，发出一片吸吸溜溜的声音。脸盆那么大的一碗汤，加入一把还带着露水的薄荷，再放入辣椒和带皮牛肉，然后倒入两碗米线。我们几个人围着一张桌子，汗流浃背地吃了起来。可以说，这是我今生吃得最痛快的一次，直吃到把肚子撑得明显大了起来，还是不忍心放手。

随后赶到的是刘年，他干脆又宽衣解带，敞开了胸怀继续吃。两位女同学，实在没法表达当时的心情，就拍了照片发给了另外几组的兄弟姐妹，把对方馋得坐立不安，哪还有心思改稿啊。随后几天，为了弥补这种缺憾，他们也开始独自外出，吃米线去了。在很长一段时间里，我再也没有吃出那种味道了，不知道是米线本身的问题，还是那天的米线里加入了蒙自的雾和露水的原因。

人吃得太饱的时候，智力往往就会下降。雷平阳又熟练地把大家带回到官房酒店的对面，也就是南湖上的一个茶室，花是荷花，波是水波，竟然真有白天的月亮。原来当日八月初十，正好日月同辉。雷平阳指着天空说，你们看，那是什么？我们抬起头，看着轻轻淡淡的月亮，，有的说像正在融化的冰块，有的说像一锭碎银，自己要摘下来，当成回家的盘缠。

辅导开始，大家都把稿子朝雷平阳手中塞，希望得到老师点石成金。雷老师忙不过来，加上还沉浸在刚才的牛骨头汤里，就让大家先交换着看一下，彼此先提一些意见。唐小米抢先把自己的稿件放到沈浩波面前，沈浩波过了不久就提了一些看法。我便诚心地问沈浩波，你读没有读过我的诗？他痛快地说，那就提一点建议给你吧，你有些诗太啰嗦了。

雷老师第一个改我的诗，我把几首自己满意而多次碰壁的诗拿出来，向他请教。他看了以后，说自己感觉有点不对，但是一时不知道问题出在什么地方。过了一天，雷老师好像想清楚了，说你一个大男人，在诗里却以女人出现，会不会怪怪的？

雷平阳还对几首诗提出了具体的修改建议：一是诗人自己不要老是"跳"出来，二是要给读者留一个情感的出口。他拿《待拆的房子》举了一个例子，说最后一句把读者的情感出口堵死了。那首诗原来是："想到落单的父亲，小叶连安静地抹一把泪的地方/也没有了，我们只能期待一片废墟"，他删成了"想到落单的父亲，小叶连安静地/抹一把泪的地方，也没了"。最后一句一删，我似乎就明白了，所谓的出口，其实就是要给读者留下想象的余地。每个读者的经历不同，情感需求就不同，他的情感出口也就不同了。

下午的安排是去采风，海关旧址，西南联大蒙自分校纪念馆，听风楼，南湖，红河州行政中心，万亩石榴园。政府部门希望诗人能够走走看看，有灵感的话为他们写点什么，哪怕什么也不写，把蒙自留在诗人的心上，那就足够了。

因为从昆明到蒙自的路上，我看见一个叫"个旧"的路牌，怎么会有这么神奇的地名呢？我想独自一个人去看看。所以，我申请自由行动。再次来到路牌下边，发现还真是"个旧"。人家竟然是一个县，有着十分古老的历史，约五万年前境内就有人类生息。"个旧"是以彝语"果作"的音译演化而来，意即种荞子吃荞饭的地方，因为锡矿储量丰富，号称中国的锡都。我打车去个旧的路上，看到一片田野，长满了花椒树与甘蔗林，阳光稠稠地堆着，空气中飘浮着一股秋天的味道，一群孩子坐在围墙上边，数着蓝天上飞过的鸟儿。这不就是童话的世界吗？

我立即跳下车，坐到他们不远处，一个字也听不懂地听着他们说话。

离开时，我摘了几粒花椒，把一粒放在嘴里嚼了嚼，我的舌头立即麻木了。我又笑着掏出两粒花椒，塞进马占祥的嘴里。马占祥嚼了嚼，顿时被麻得直喘粗气，脸红脖子粗地说，我的味觉全都消失了，你也太狠毒了吧。

6

25 日晚饭，依然是雷平阳请客。他把我们拉到了一家火锅店，参加的人员已经不再局限于第二组，翩然落梅、唐果也来了。大家喝得昏头昏脑，因为晚上的活动是已故诗人陈强的诗歌朗诵专场，非常沉重，非常伤感，需要喝了酒才能承受。

说起陈强，没有这个过世的蒙自市委书记，"青春诗会"不可能来到蒙自。陈强是商震、雷平阳几个人的挚友，他是《诗刊》的理事，扉页上期期都能看到他的名字。他的诗我在《诗刊》上读过，有一首我还依稀记得几句："这间茅屋在村东头/四季里飘荡着炊烟/这是我第一次忍不住将出生地告诉别人/这间茅屋的主人走了/是我哭的时候泄露了秘密。"

诗人的任何生命迹象都是有密码的，这些秘密就是文字。陈强去世前，也许已经感觉到自己走到了生命的尽头，所以在一首《请你们忘记我》中这样写道："我很累了，但是我不想说/当我走不动时/你们除了知道，我的躯壳/还能知道什么？/我的好与不好我会带走/若有遗漏，那是力不从心/请你们宽恕我，请你忘记我/一个肉身与灵魂苦难的人/多想让人间清静。"

这应该是被病痛折磨得痛苦不堪时，才发出了"我太累了"的人生感慨，但诗人在这段遗书式的文字里，并没有提出想歇一会的要求，而是想利用最后的时光，把"好与不好"一齐带走，不想给人世间留下任何负担。这些话是说给蒙自的父老乡亲的，也是说给家人与朋友的，更是说给生他养他的红土地的，这种无私、无欲、体谅、只顾别人，让人感动得不得不落泪。他确实这样做了，什么都带走了，除了诗歌之外。

据商震老师回忆，陈强生前有一次和他一起吃饭，大家双手一拍，就把第28届青春诗会的主办地定在了云南蒙自，成就了青春诗会的远征。可惜的是，当年的5月29日，他因病医治无效去世，享年49岁。在蒙自的日子里，我不止一次地想过，如果陈强还活着，那又会是什么情况呢？这位"诗人书记"应该有多高兴啊！

晚上7点半，陈强诗歌朗诵会在红河哈尼族彝族自治州图书馆举行。商震老师在台上公开地哭了，雷平阳在下边偷偷地哭了；大解哭了，霍俊明哭了，蓝野哭了，娜仁琪琪格哭了，唐力哭了，彭敏哭了。13名学员都哭了，主席台上的领导们哭了，下边的听众哭了。陈强的爱人在最后一排一直在哭。陈强的儿子一直强忍着，但是最后也哭了。我看了看，墙角摆着一座铜像，不知道雕的是谁，也似乎哭了。

遵照红河哈尼族彝族自治州作家协会一位领导的要求，我帮忙为他们拍摄一下现场的照片，后来知道他就是参加过第22届青春诗会的哥布。所以在朗诵会的两个多小时里，我拍下了一百多幅哭泣的照片。大家都在缅怀着这位诗人，也在回味着他留给后人的一部诗集——《家园》，泪水的家园，诗歌的家园，诗人纸上的家园。

朗诵会结束后，商震老师因为伤心回酒店休息了。其他部分诗友，又随着雷平阳趁着给沈浩波过生日的机会，继续借酒浇愁。因为大解和我不胜酒力，又偏爱石头，所以我陪着大解在红河州作家段落（李文）的带领下，去一位朋友家，欣赏朋友收藏的石头。

段落的朋友叫张寒，来到存放石头的仓库，真是石山石海，各种奇异的石头感觉要把大地压垮。大解从怀里掏出一只放大镜，看玉的真假，看石的纹理，专业程度可比马未都。据说，大解和夫人都喜欢捡石头，他们经常去大漠荒山举行捡石头比赛，大解一旦捡到好石头，夫人就奖赏一个鸡蛋，夫人一旦捡到好石头，大解就奖赏一个拥抱。在离开的时候，张寒翻出一本精美的相册送给我们，名叫《遗梦梯田》，云南人民出版社出版，内容是云南梯田的摄影集，每一幅照片还配有一篇散文，而且中英文对照，随手一翻，照片水平十分高，心想应该是高人的作品。出门时，他说是和老婆吴玉共同完成的作品。我看了看这个黑黑的、粗糙的男人，眼睛都直了。

段落也从车后翻出一本《乘火车梦游》送给我们，是一本大气精美的散文集，序是雷平阳写的，再一看作者，正是私下活动时一直为我们当司机的段落。坐在车上，我急切地拜读了第一篇《一只土陶罐》，讲他有一阵子生病了，买了一个土陶罐来熬药，等自己病好了，就把这只药罐拿到办公室，当茶杯子用，天天用它喝茶。有一天晚上，他独自加班，一股清风吹来，陶罐一时间竟有"呜呜"之声，像悠远细长的口哨在办公室回荡，仿佛有话要告诉他。于是他关了灯，忘记了人世间的浮华。作者把喝茶当成了喝药，品茶之中恐怕也疗愈着心灵上的疾患，这种对人生的暗喻，是多么妥帖。

真是民间出高人啊，没有想到在蒙自，接触过的两个人，看上去其貌不扬，也不张扬，给我们开车时仿佛真是司机似的，目不斜视，不多插话，但却是安心于艺术创作的人。不知道在蒙自，在这片红土地上，还隐居着什么样的风雅之士呢？

按照雷平阳的要求，我与大解还得与他们会合。那是一个露天酒吧，场面不小，一张桌子摆了几丈长，半条街都被我们占领了。因为是沈浩波的生日，大家准备了蛋糕。本地诗人送了一个，唐果、翩然落梅和唐小米又送来了一个。有人打趣说，"双黄蛋"，预示着沈浩波，如果要生孩子，定是双胞胎，如果有艳遇，恐怕就是姐妹花。沈浩波早就喝多了，后来喝多的人越来越多，闹得太激烈了，听完了马占祥的酸曲，再听完雷平阳一段很有民族味儿的狂吼，我就提前离开了。

我要赶在沈浩波打呼噜之前让自己睡着。后来，沈浩波是怎么回来的，我已经不太确定了，真正地睡了一个好觉。第二天六点就起了床，赶着把雷平阳修改过的诗稿重新修订一下。

26日，星期三，第28届青春诗会的第四天。蒙自的云好像被钉在了天上，几天来一动不动，这种安详，让人感觉时间停滞，行人的步子像是一个个慢镜头。天上一日，人间一年，我想，在诗歌里活着，大概也是如此，在蒙自过了四天，上海应该已经过去了四年。

7

参加青春诗会活动的，不仅仅是入选的13位学员、北京的编辑记者和大解、雷平阳、霍俊明三位著名诗人兼辅导老师，还有云南当地的响当当的作家。这个文化阵容，按照蒙自官方的说法，在当地是从来没有过的，以后恐怕要写入县志。我们一想到能进历史，就莫名地敬仰起来，总想入地三分地感受这片土地，打量蒙自的每一棵树、每一只鸟的时候，都像是看到初恋的情人一般，让人心潮起伏。

当地政府十分重视这次机会，希望把蒙自的一点一滴，全方位地展现给文人们。在整个活动中，有一位气质高雅、举止端庄、穿着得体，又不失女性风采的宣传部部长，天生就是蒙自的形象代言人，跑前跑后地给我们介绍，而且她有着我们难得一遇的姓氏——中华的华。她并不急功近利，从来没有向我们提出过半点要求，也没有给我们出过一个题目，但是她的热情让我们手中的笔已经闲不住了。

后来才知道，除了华部长亲自上阵，跑几百公里到昆明长水机场接机，大大小小会务的布置统筹，到各地采风访问的司机、导游、联络和接待，甚至有些厨师和端盘子的服务员，都是市委宣传部、市文联、当地政府的工作人员。这就是说，办这次青春诗会，当地政府精打细算，尽量节省人力与成本，没有花钱从外边请人。他们每一个人把这次活动，全部当成了职责范围之内的事。在不知情的时候，我把随行的一位女孩喊成了"导游"。她每天早上一个个房间叫人，连谁谁没有吃饭，吃什么饭，有没有生病，他们都掌握得一清二楚，然后提前几十分钟守在酒店的门口。她整天笑呵呵的，让我一直误认为蒙自女孩的表情里，根本就不知道什么是哭和忧伤。每天一看到她的脸，再看看蒙自的天空，就觉得生活竟然如此美好。

我举个例子吧，有一天我内急，一时找不到厕所，有一位工作人员走了过来，直接把我带到了车站里的公共厕所。十几分钟后，等我方便出来一看，他闻着扑鼻的臭气，还在厕所的门口侍立着。在后来的欢送晚宴上，有一位副市长给大家敬酒，听旁边的人介绍，人家也会写诗，临时就赋诗一首。

在诗歌改稿会、研讨会、座谈会之余，当地政府还安排了几次采风活动。这种安排，不能简单地说是旅游，出发之前就有人对我说，你又能免费地游山玩水了。这是多么大的误解，对于一个视诗歌如命的诗人，任何风景不能转化为诗歌都不算风景，任何时光不能转化为诗歌都是浪费生命。我们之所以要找一个这样的边城来谈论诗歌，是想让诗人们站在最靠近土地的地方，才能接到地气，才能打开想象的翅膀，用专业的话说就是寻找灵感。灵感是诗歌的点金术，想象则是诗歌的含金量，一首优美的诗可以让一片土地飞起来。

忘记了一件事，24 日青春诗会开幕式结束的那天中午，我们还被拉到一个古玩市场，参加了一场奇石古玩展销大会。让人万万没有想到的是，这么一个边远小城，石头，字画，金石，比北京的潘家园还要丰富得多，光论场面也比潘家园大不少。有什么样的市场，就有什么样水准的藏家，就有什么层次的文化积淀。活动是紧急加出来的，没有写上议事日程，他们希望借着诗会增加一下活动的份量，而对于一帮喜欢沉浸在旧时光中的诗人来说，何乐而不为呢？

趁着演出节目的机会，视石为命的大解则溜到市场，买了几枚海生物化石，送给了好几位同学留个纪念，送我的一个是一只贝壳。贝壳要变成化石的话，少说也得几亿年吧？我把这枚化石带回上海放在了书架上，有空就拿起来握在手心摩挲着，像握着蒙自几亿年的时光，真是爱不释手。

我不得不提一下泉子同学，他来自浙江，在杭州机场工作，据说他不抬头，飞机都不敢起飞和降落。活动结束的时候，泉子是最后一个上车的，而且三步一回头，说他看上了一小块墓碑，但没有谈拢价格。正是这个中午，有人把喜欢收藏的泉子带到了这个隐秘地带，从此他天天不吃晚饭，抽出时间去逛文物市场，淘古字名帖、秦砖汉瓦。某天晚饭的饭桌上，突然夹进来一位陌生女子，不停地抬头打量泉子。

泉子长得细皮嫩肉，江南小生的风度，我们以为是泉子的粉丝。原来，当天中午，人家在逛文物市场，碰到泉子正在讨价还价。如今再次偶遇，两人都觉得算是有缘，就相互交换了手机号码。此女子也算是奇人，是研究古代服装的，那气质，那身材，不由得人不怀疑，是不是从文物字画里走出来的。而那几天晚上趁着优美的夜色，泉子是不是真的淘宝去了。

8

还是回到 26 日吧。早上去鸣鹫镇，参观了鸣鹫老街、曹士桂故居、缘狮洞石窟寺，下午更加紧凑，参观了中共云南一大会址查尼皮景区，去了具有 70 年历史的法式火车站，还逛了逛芷村胡志明故居。通过几天的交往，大家已经基本熟识，一路上有说有笑。不知道是谁提议，用大家的名字来对对联，"小米"对"陈仓"，"灯灯"对"单单"，有人觉得"落梅"对"平阳"最工整。

这一天别的无话，就是下了一阵梨花雨，中午吃了一顿农家乐。饭前，雷平阳、沈浩波、王单单三个在院子里打了几圈扑克。诗人玩游戏都是高手，雷平阳则是高手中的高手，他出牌时充分运用了他写诗的技巧——语言的节制。我是一个旁观者，发现打牌最怕的就是冲动，一冲动就会失控，就会犯错，也就容易输，好像写诗也是一样的，得懂得冷静和凝练。天啊，我突然领悟了沈浩波对我的批评——"啰嗦"。一般，谁最啰嗦呢？不就是女人吗？也就理解了雷平阳的那句话——你一个男人，在诗里以女人出现，会不会怪怪的？

我登录了伊沙主持的"新世纪诗典"，沈浩波已经有多首诗"入典"。这个诗典以微博的形式在网络上发表诗歌，据说每次还有五百块钱的稿费，在许多纸刊都没有稿费的情况下，无疑是比较稀罕的福利。我从伊沙的目录上看到，9月25日，也就昨天，选发的是翩然落梅的《空宅》——

　　昏朦时沿四壁散步，有时/我会偶然踱入自己体内。是的/她现在是，一座空宅/门锁锈了，院子里仍开着执拗的白花//哦，曾有哪年的细雨落下/墙外，沿碎石砌成的巷弄，也曾有人/唱着歌行过。一些身影晃动/在我心房的小窗外面//而我的寺庙紧闭，一些打不破的/戒律，依然深藏。多年来我困于此/又安于此。且看庙门外的青松/自我的荆冠，仍孤悬其上//空宅之空，仍终有一根绞索/在为我而待。多年来/我潜心于荒芜之术的身体/转身拒绝了灵魂的和解。

随后在车里，听到沈浩波与翩然落梅私下里议论到这首诗。沈浩波觉得另外一首也十分不错。我很想再去拜读一下，但是当时窗外的风大，加上他们两个说话声音太细，一时没有听清诗歌的题目。

参观三教合一的缘狮洞，住持听说有一帮诗人来访，于是早就铺开了宣纸，备好了笔墨，请诗人们题字。大家多数都是网民，写作全靠电脑，断行按下回车键。有人钢笔字已经不会写了，哪里还会写毛笔字呢？会前，《诗刊》要求大家每人提供一个签名，几个诗人在 QQ 群里叽叽喳喳了半天，也许是翩然落梅吧，说是练了好多天，总感觉把自己的名字写错了。我说请我代笔吧，她好像答应了。我说要付润笔费，后来就没声音了。生意没有谈成，恐怕是舍不得钱，或许觉得签名这件事，跟给儿女起名字差不多，让别人代劳不太合适。

三米深，有个同学很看好他，帮他设计了一个："三"用的是"3"，"米"用的是"M"。这个签名很前卫，有国际艺术范。沈浩波毕竟是老板，签字是最重要的工作，所以赠送长诗《蝴蝶》给我的时候，我发现他的签名真不错，有发展成书法家的潜力，于是心头一热，把一支自动上水的书法笔送给了他。那可是我老婆跑了三条大街花了几十块钱，9 月 22 日送给我的生日礼物。

因为事先没有料到题字这个环节，商震老师开始推辞，无奈住持一再央求，他就又折了回来。但见他来到桌前，定定神，吸口气，捉笔，蘸墨，运气，下笔，提腕，那姿势行云流水，像是打了一场太极拳。再看他一身清瘦硬朗、面色红润的样子，让人怀疑他是不是暗藏在我们中间的武林高手。他一挥而就，题了一幅行草，内容是"滇南仙洞，大美之谓"，引起了现场的喝彩。

下来被推上场的是雷平阳。据说雷老师至今还不会上网，也不用电子邮箱，碰到要发电子邮件，只能请家人帮忙了。我心想，这位生于二十世纪六十年代的雷老师，写信只能用笔墨，还得通过邮差，爬山越岭，骑马过河，等上几天半月才有回音，这无端地增加了交往的趣味。古代人才有的，而现代人已经丢失的，那种鸿雁传书与凄美的等待之情，恐怕只有跳出时代之外的雷平阳才能体会得到了。

雷平阳一站到桌子前，许多女同学都往跟前钻，争着抢着要给老夫子研墨，体会一番红袖添香的意境。但挤到砚台旁边时才发现，那墨已经研好了，三尺见方的宣纸也已铺妥。雷老师果然不出所料，运笔有力，行走干净，笔锋与笔肚之间，没有一点一滴的墨水是多余的，透出了书法家的气息。

雷平阳题的是"道成肉身"，也可反着念成"身肉成道"。他是从"道"字起笔的，在"身"上落笔的，包含着参禅悟道的哲理——真正的修行，绝不是什么虚幻的东西，善待肉身才是正道；或者说带着肉身也能修成正果，不见得非要等到上了天堂。大概意思是活人和修仙的哲学吧。

9

从山上下来，大家再去参观了法式火车站，第一次看到火车调头的大转盘。人类真是聪明得不得了，当年的火车只有一个头，而且太长，根本调不过头来，那我们就借助大转盘让火车"随着地球"转一圈。不过现在的火车，已经长了两个头，不用再调来调去。我想，如果人如火车一般，上下再各长一个脑袋，上边的脑袋可以用来走路，下边的脑袋也可以思考，那应该生活起来就轻松许多了吧。

好多人跳上大转盘，体验一下当火车的感觉，转了一圈还不过瘾。王单单等几个80后小青年，却不喜欢当火车，而喜欢当推手。我突然发现，喜欢当火车的，都是一些年龄偏大的准备调头向下的人。生命调头的过程，恐怕就是回忆过去的过程。而那些喜欢当推手的都是在一股劲地往前奔的年轻人，他们有着花骨朵一样的青春，有着一大把的未来，允许他们去支配这个世界。

看到诗人们如此兴奋，商老师便与蓝野几个人商量，立即给所有诗人布置了一道作业：每个人要写两到三首关于蒙自的诗歌，这样才能对得起这片山水。第二天，就有诗人，好像是勤奋而谦卑的唐果，好像是单纯而透明的夭夭，也可能是光芒万丈的两个"灯"，拿着自己写蒙自的诗歌，向几位老师请教。大解好像连夜给商老师发短信交了作业，这种速度比七步成诗的曹植差不了几步。

大家随后在越南民主共和国领导人胡志明旧居前的老街上转了转。胡志明旧居位于芷村镇，建于民国年间，二十世纪二三十年代，芷村镇曾有大量越南人居住，据统计当时有一百多户人家。为在中国的越侨中工作更好地开展，1940年胡志明来到芷村指导革命，就居住在芷村镇南溪街的一幢木楼上。当时的南溪街，是一条很有特色的街道，街上开设有面包坊、咖啡屋、舞厅，被当地人称为"小香港"，而且距滇越铁路火车站仅有几百米，方便出发，也方便返回。如今的胡志明旧居是私宅，保存二层楼房一幢，五开间，二层住宿，窗户已经斑驳，一层变成了一个修理铺，里边摆着一堆生锈的零件。

正是中午时分，早餐已过，晚餐还早，但村民们都三五成群地坐在茶馆酒肆里，穿着一身泥巴的衣服，啃着猪蹄子，嗑着葵花籽，一派富足小资情调，分毫不比大上海的老克勒差，恐怕是从几十年前传下来的生活方式吧。沈浩波受到刺激，立即挑了一个又大又肥的猪蹄子，当街一边走一边啃了起来，那油腻的嘴唇，巨大的咀嚼声令王单单当时就流了口水，把口水飚到了石板路上，让人误以为天上下了雨。

在街尾，大家看到了杀乌龟的过程。一个大爷，把一只碗口那么大的乌龟，压在枕木上，拿出一把小钢锯，像锯一根木头似的，在锯乌龟坚硬的外壳。乌龟在不停地反抗、挣扎，他则把伸着的龟头挽在手心，像挽着一根绳子。乌龟的血很快就流了出来，眼珠子都要暴裂出来，我分明看到了它的痛苦与绝望。残忍的场面旁边，还支着一口锅，锅里烧着热气腾腾的开水，是用来炖乌龟做午餐的。一只乌龟，如果没有意外的话，应该很长寿，起码能活几百年，但是遇到人类，它又能活到什么时候呢？这让我想起雷平阳的一首名作《杀狗》——

这应该是杀狗的／唯一方式。今天早上 10 点 25 分／在金鼎山农贸市场 3 单元／靠南的最后一个铺面前的空地上／一条狗依偎在主人的脚边，它抬着头／望着繁忙的交易区。偶尔，伸出／长长的舌头，舔一下主人的裤管／主人也用手抚摸着它的头／仿佛为远行的孩子整顺衣领／可是，这温暖的场景并没有持续多久／主人将它的头揽进怀里／一张长长的刀叶就送进了／它的脖子。它叫着，脖子上／像系了一条红领巾，迅速地／蹿到了店铺旁的柴堆里……／主人向它招了招手，它又爬了回来／继续依偎在主人的脚边，身体／有些抖。主人又摸了摸它的头／仿佛为受伤的孩子，清洗疤痕／主人的刀，再一次戳进了它的脖子／刀道的位置，与前次毫无区别／它叫着，脖子上像插上了／一杆红颜色的小旗子，力不从心地／蹿到了店铺旁的柴堆里／主人向它招了招手，它又爬回来／——如此重复了 5 次，它才死在／爬向主人的路上。它的血迹／让它体味到了消亡的魔力／11 点 20 分，主人开始叫卖／因为等待，许多围观的人／还在谈论着它一次比一次减少／的抖，和它那痉挛的脊背／说它像一个回家奔丧的游子。

其实我也有一首《杀狗》，情况是这样的，在时任《天涯》主编李少君的博客上第一次读到雷平阳这首诗之前，我在韩国电视剧《家门的荣光》之中看到这么一个情节：有一天晚上，有一对恋人坐在墙头聊天，男孩给女孩讲述了一个杀狗的故事：主人招一次手，狗就回来一次；狗回来一次，主人就对狗捅一刀……我当时很震惊，立即写了一首《杀狗》。书写的背景不同，细节大同小异，就艺术性上来讲，学生就是学生，与雷平阳相比有许多差距。但必须解释一下，我查过电视剧在中国首播的时间，大概晚于雷平阳发表《杀狗》的时间，而我又晚于电视剧的时间，所以我把自己的诗给枪毙了。

　　杀龟的镜头，再次激起了雷平阳的诗歌神经，他突然从怀里拿出了一个相机，咔嚓咔嚓地拍了几张。随身携带相机，对于其他人来说是很平常的事情，但雷平阳怀里揣着这样的新式武器，让我觉得不可思议。这是会议期间，他唯一一次掏出相机，也是唯一一次两眼放光。让我联想到他那天说过的一句话："你写悲悯情怀可以，但是一定要写大悲悯、大情怀，只有这样你的套路才能更宽。"

　　这一天，还有另外一个花絮，有好几位诗人随身装着自己的诗稿，比如唐小米，一有空闲就掏出来，向雷平阳、霍俊明或者大解请教。我也准备了，但始终没有拿出来，不是害羞，主要是不太自信。在任何时候，我们都没有忘记诗歌。那天深夜，为了方便辅导老师批阅，我去酒店二楼的商务中心，把自己修改的诗稿打印一下。打印完了，一问价钱，一张3块，我打印了十几张，得付50多块。这是人民币，绝对不是越南盾。我正抱怨太贵了的时候，突然发现唐小米坐在一台电脑前，严肃地敲打着键盘。她说，一碗面才十块，她已经花去了几百块。可以看出，为了诗歌，大家都愿意付出，哪怕付出生命。因为我们的青春热爱，也因为诗歌是可以留住时光的物质。

　　唐小米找机会向大解请教了一首诗，是那几天在蒙自写蒙自的，题目叫《在蒙自的肋骨上行走——致滇越铁路》：

见到你时我就老了，带着锈站在铁上/遇到你，就是生命找到了天梯/我在你的肋骨上行走/和你在一起就是速度/在古老的火车道上飞奔/在漆黑的隧道里歌唱/仿佛1904到2012年的时光/老唱片发出脆铁的声音//我们穿越犁耙山/当我们停下，听到山的喘息/一朵夹竹桃落在一片芭蕉叶上/你连一朵花都舍不得抛弃/肋骨变成血管/你要给梨花输血吗/因为心疼，我把悲伤/藏在了一颗露珠里//两场雨，十条隧道，是我们的过程/你大步向前，越走越快/我已搬不动一颗星星，你却像萤火虫/你先爱上漆黑，我才爱上隧道/是你先打开胸膛，我才爱上铁的硬度/亲爱的，这几年，我们像被欲望烧红的烙铁/我第一次在你的肋骨上行走/第一次在天堂里，看到了灰烬。

这首诗里所写的"两场雨，十条隧道"的故事，在当天还没有发生，而是第二天的活动。大解说，哪里是肋骨？是天梯啊！沿着走，可达天堂。说实在的，到当时为止，写蒙自的诗里，那首是我读到的最动情的了。

10

9月27日，第二十八届青春诗会倒数第二天，当天的活动主题是"末端的前沿。诗人大地漫游"，需要诗人们从碧色寨出发，沿着废弃的铁轨一路南下，徒步走至芷村镇，行程是24公里，体验殖民时代的米轨铁路，深度感受蒙自古老多元的工商和民族文化。好多诗人特别期待，沈浩波几天前就在念叨，显露出了他英雄主义的特质——任何一个成功的人都有英雄主义的审美倾向。

有一次在饭桌上，聊到关于老板诗人的话题，有人总结了一下，沈浩波真了不起，不但生意能够做好，而且又能把诗写好。谈到这一点，沈浩波有点动情，说自己曾经度过了一段非常痛苦的岁月，有一阵子既想做一个老板，又想当一个诗人，像两个完全分裂的人，自己与自己在打斗，自己与自己在争论。有几年，干脆停止写诗，后来自己与自己妥协，如今已经可以在两个"沈浩波"中间自由地切换。

这次我们见到的沈浩波，除了睡觉呼噜声大得像个老板，已经完完全全放下了一个自己，真正地成了另一个自己——青春诗会的学员。再过一天，青春诗会结束就是中秋长假，大部分人回家后可以休息一下，但是沈浩波还不能返回北京，需要继续留在云南，有事情要谈，与诗会期间的轻松，有了很大的反差。那天在昆明长水机场告别，他一脸紧张，风尘仆仆，跟在一个接机者的后边冲向停车场。可以看出，他已经换了频道，转换到了商人的角色。在现实生活中，其实每一个诗人多少都有一点分裂，平时淹没在浓重的烟火气息中，只能把诗人的身份隐藏在内心深处。

徒步行走 24 公里，与"青春诗会"非常贴切。对于我们这些年轻的诗人来说，意义不亚于那些改稿会。在一个物欲横流的社会，人心浮躁，目的性强，骑马，坐车，从空中飞，交通工具不断加速，都是为了直冲目标，已经没有耐心静静地享受行走的过程。大家都想着一夜暴富或者一夜成名，甚至是不劳而获，连谈情说爱，似乎已经没有太多的耐心，连呻吟恐怕都有虚张声势的成分。在铁轨上，以双脚代替火车行走，这对于诗人来说，无疑是一种考验，更是一种磨炼。

早上 8 点，大家从碧色寨这个百年小站出发的时候，除了大解因为腰椎间盘突出请假，其他人都到场了，包括《文艺报》随行记者黄尚恩，还有相关的后勤保障人员。时任《诗刊》副主编的柔弱的冯秋子老师，戴着一顶帽子，斜挎着一个背包，一身短衣打扮；商震老师赤着脚，穿着一双凉鞋，身上背着干粮。他们两个前辈与大家一同站在起点上，有点要重新长征的味道。尤其是商老师，他除了是《诗刊》的主持人，本身还是一位诗人，仍然有着诗人的梦想，有着诗人的激情。因为诗歌，让所有的心都年轻着；因为诗歌，让所有的人更加坚韧。

那两条永不交叉的，不断向远方延伸的，有点弯曲但幅度不会太大的铁轨，多像两串一生相随的脚印。在生着铁锈的火车铁轨上散散步，这是每一对情侣所渴望的浪漫之旅。刚开始的时候，每个诗人身边都有一个假想的爱人，在陪伴着自己浪漫地行走在轨道上。沿途，大家不断地惊呼着，看到蚂蚁们兴建的豪华宫殿，看到远处的山坡上种植的三七，看到一座冶炼银子的工厂，看到刚刚露出头来的松树苗子……这些意外的发现，便是过程的意义，也是行走的意义。人生的意义并不在路上，而在路以外的更为广阔的世界。

枕木与枕木之间，坑比较深，铺着碎石块，我们很快发现，在轨道上比在路上行走难多了。为了避免踩空，步子不能大，不能小，每一步都要踏在枕木上；也不能太快，不能太慢，只能像一列绿皮火车那样，不紧不慢地迈着整齐的步子匀速前进。在走出三公里不到的地方，唐小米与唐果的脚已经磨起了泡，正在接受随行医生的治疗，其他几个天真的女人也是霜打了一样。

开始，黄尚恩与唐敏一直在比，看谁单脚在轨道上走的时间最长，像两个贪玩的学生，放学后不肯回家，走在马路牙子上。大家说说笑笑，有的疾步如飞，有的如云中漫步。但走着走着，队伍越来越散了，话越来越少了，声音越来越小了，脚步也越来越重了，神情开始一点点凝固，然后每个人都有了疼痛的表情。作为诗人要的就是这样的疼痛。

每个人只有一瓶水，很快就出现缺水的情况，然而头上的烈日还在火辣辣地照着。经过一片桃树林的时候，我细细地寻找着，真希望从树上发现一个被人遗忘的桃子。好不容易遇到一座桥，听到有哗哗的流水声，我真是激动极了，冒着危险爬到桥下。桥下是一层腐烂的枝叶，有各种各样的虫子爬来爬去，黑蝴蝶在草丛中肆无忌惮地交媾。我蹲下去，掏了一个小小的池子，趴下去狠狠地喝了一肚子。后来肚子痛得厉害，不知道是喝生水的缘故，还是虫子们正在我的腹内繁衍后代。

走得最轻松的，是王单单与黄尚恩，走得最快的是彭敏，他们毕竟还很年轻。尤其是彭敏，走过一半的时候，开始发力，走得呼呼作响，只见从身边一晃，人就不见了，身后留下一片比云还淡的白。唐力还没有走到一半，竟然把一双专门为这次徒步行走准备的运动鞋走坏了，鞋底裂了两个大口子。有人立即拍照，传上了微博，把它称作"破鞋"。他拔了一把草，把一双破鞋捆了捆，又坚持了两公里，后来只能光着脚板走，每一步都像在石头上磨刀。

蓝野活生生成了一个丐帮帮主的模样——肩膀上搭着一条汗嗒嗒的白毛巾，右手拄着一根打狗棒，左手提着一个讨饭袋。他是这支队伍中负担最重的一个人，光那几百斤肥肉，如屠夫扛着一条猪，就够人受的了，更何况心中还装着许多秘密，走得最吃力那是自然的了。但他像一只钟表，身上安装了发条一般，不紧不慢、不急不躁地走着，竟然走在大部队的前边。据说，到了终点，在磅上一称，他体重整整减了两公斤。这两公斤多数是他流下的汗水，滋润了这片土地，极小一部分结成了盐，浸染在他的衣服和头发上。他那件蓝色的 T 恤衫，已经变成了白色的，真像秋后下了一层霜。有人笑着说，如果把他的 T 恤衫洗一洗，用洗衣服的水下面条，恐怕都会太咸。

走得最浪漫的应该数刘年了，他身上装着一台迷你型的收音机，或者是一个播放器，像浪迹天涯的游子，不停地放着乡村民谣，偶尔让人以为，附近的山民在唱山歌。途中要穿过十几条隧道，每一条隧道的回声就是一个扩音喇叭，会把他的歌声放大，显得特别的空旷，变得更加悠扬起来，像从地下发出的袅袅的神曲。

我除了带有沉重的相机，还在一个正在拆除的小站的废墟上捡了两片滴水瓦，足足有四斤多。瓦上雕刻着两只虎气生生的老虎，据说应该有一百多年的历史，在一百多年的时间里，每一场雨水都会从房檐流下，把两片瓦打磨得具有浓浓的时光感，专业术语称之为"包浆"。这是我一个特殊爱好，每到一个地方都喜欢拾一块石头、砖头或者瓦片，带回家，或放于窗台，或放在书架，记录我独有的旅行地理，寄存那些容易忘记的美好回忆。带着如此重的行李，我真想当逃兵啊，但在队伍当中，有比我年龄大的，有比我纤弱的，还有正在生病的马占祥，不断地要钻到草丛中去方便，但他们都在一步步地向前迈动。

　　中途碰到一个工人，好像在巡轨。我问他到芷村火车站还有多远，他操着一口我听不懂的当地方言，只好两根食指交叉，划了一个"十"字，告诉我，还有十公里。我报给大家的时候说成了四公里，让大家信心大增，似乎胜利在望。在最后十公里，翩然落梅一直还在，旁边跟着雷平阳，戴着一顶牛皮帽子，看上去很像西部牛仔，他们好像一边走一边在谈诗歌。雷平阳完全可以冲到第一梯队，但他没有，他明白几个弱女子的身边，如果没有一个刚毅的诗人，像嘴里没有一根猪骨头，她们可能就啃不下去了。当然，雷平阳偶尔从我身边经过也会鼓励我，面对弱者他总会赐予一点力量，这就是他诗歌中的大悲悯。在这样的困境里，要的就是互相取暖，甚至拿诗歌来加油，这不景气的诗坛不正需要这样的精神吗？

　　最难以忍受的，不是腿痛，而是口渴，因为没有水喝，骨头里都冒了烟。铁轨大多建在半山腰，沿途荒无人烟，四周茫茫一片，连望梅止渴的条件都没有，大家几乎有些绝望。终于看到远方有一户人家，屋顶上升起了袅袅的炊烟，说明已经到了午饭时间。我真想当一次乞丐，去讨一口水吃，但要下山，实在有点远。

　　我惊喜地发现，山坡上有一小块玉米地。玉米秆，在老家不仅可以喂牛，还可以当成甘蔗，剁碎了放在锅里使劲地熬，等水熬干了，会有半碗糖浆。玉米秆，越是没有玉米棒子或者棒子特别小的，看上去越是黄皮寡瘦的，就会越脆越甜。反而是玉米棒子长得越大，越是呈糠心的，水分也特别少。尤其长得很黑、很粗、很茁壮的，也许是肥料用多了，吃起来会有一股化肥的尿骚味。

我钻进玉米地，挑着折了六根，分给商震老师、马占祥、刘年、灯灯、莫卧儿、三米深。大家每人一根抱着啃，勉强地补充一下能量。有几根，发育不成熟，没有长出玉米棒，却长出了嫩嫩的玉米芯。我把它剥出来，啃了，有一股腥腥的母乳的清香，像是偎在了母亲的怀里。沈浩波后来告诉我，他们也采取了这样的方法，度过了最艰难的时刻。我们不算偷，是向正在地里干活的农民付过钱的，不多，总共就五十块而已。从侧面证明，在红尘滚滚的俗世，诗人要坚守自己的理想，需要有多么强大的生存能力。

刚刚还是晴空万里，突然哗哗啦啦地下了一场雷阵雨，雨特别大、特别大，能够清楚地看到雨像海潮一样追赶着金色的阳光，从远处的山坡上一浪接着一浪地扑来，而且气温变得像冬天一样寒冷。有一头牛，受到了刺激，挣脱了控制，像一匹烈马，在轨道边狂奔。我们无处可藏，只能任凭着大雨把我们淋透。

我仰起了脸，对着天空接着雨水，但再大的雨也不解渴。地上很快就有了积水，是雨水冲刷着山坡而形成的，中间夹杂着泥沙，是黄色的，黏稠的，像煮稀了的玉米南瓜粥。雨的前世是云，在天上的时候还是干净的，在降落人世间的过程中，沾染了无限的风尘，甚至混入了小鸟的大小便。因为天空是小鸟的厕所，它们总在飞翔中排泄。我掬了几捧积水，喝了下去，焦渴解除了，但随之带来的是要命的腹痛，像一条小黄河在身体中决堤，也像是几朵乌云在肚子里翻滚并打雷闪电。我没有告诉任何人，像一个僵尸一样，眼睛紧紧地盯着铁轨，一步一步地消灭着枕木。我这个以走路为生的人，从来没有发现人世间还有如此漫长的路。

暴雨接着又下了一场，更大了。马占祥本来就腹泻，被雨淋得实在要发疯，就往打着伞的刘年的怀里钻。刘年说，他要保护相机，人受伤了，可以自行恢复，相机生病了，打什么针吃什么药，恐怕都不起作用，建议他去找身后的莫卧儿。马占祥不好意思地钻进了莫卧儿的伞下。硕大的雨滴，左一下，右一下，砸在了两个人的身上，不过几分钟，他们都成了落汤鸡，像穿着衣服洗过澡一样。

灯灯看到信号灯的时候，仿佛看到了自己的兄弟姐妹。她指着说："你们看，还亮着。"我们像是看到了人间的灯火，一下子兴奋起来，觉得应该离终点不远了。但是穿过一条隧道还有一个慢坡，爬上一个慢坡还有一道弯弯，我们始终处在陆游"山重水复疑无路，柳暗花明又一村"的跌宕起伏的情感落差中。直到下午五点多，我和商震老师、灯灯、刘年、莫卧儿、雷平阳、翩然落梅，像一列绿皮火车一样，先后抵达了芷村火车站。

看到铁轨不再延伸，不再平行，我一下子瘫坐在地上。如果再多十米，在十米远的地方，堆着一公斤的金条，或者站着一个美女，我恐怕也走不完了。我钻进旁边的小站，买了两瓶加多宝一口气灌了下去，再跑到隔壁的厕所，稀里哗啦地撒了一泡。沈浩波说："你走到终点的时候，整个脸都青了。"

24公里的米轨铁路徒步行走，最后的名次好像是，王单单与彭敏第一，紧随其后的是霍俊明，据说这个瘦瘦弱弱的教授，低着头只顾朝前冲，终于夺得了第二。沈浩波、蓝野、聂权、泉子、泉溪，还有哪些人排在第三梯队，《文艺报》记者黄尚恩有没有坚持到最后，唐力有没有扔掉自己的"破鞋"，我的大脑一片空白，统统是记不得的了。但女人的名次我很清楚，磨破了脚的唐小米与大白腿的唐果，体现出了成熟少妇的杀伤力，竟然走到了第一；第二应该有夭夭、娜仁琪琪格；第三批就是我们这一波了。

落在最后的，比我们晚了十几分钟的，是男女混合型气质的三米深，下大雨的时候他慢慢掉了队，我一直担心他，打听他的情况，真怕他出什么意外，比如晕倒，比如迷路。我倒是最佩服三米深，细碎的小脚奶奶一样的步子，24公里，48华里，24000米，他竟然用一把小米尺一寸一寸地量完了。

我在心里告诉自己，我们每一个人都是英雄。没有英雄主义的情怀，没有英雄主义的审美，没有英雄主义的气概，没有安贫乐道的英雄主义梦想，有谁能坚守到诗歌的胜利呢？记得好多前辈，曾经语重心长地告诉我，要一直写下去，哪怕当下没有一个读者，也要坚持写下去。要让我们的诗，成为永不褪色的光芒，要让我们的诗留住时光。不得不说，一首优秀的诗永远在路上。读者都在未来的作品才是真正的经典。

11

27日晚上，按说还有一场活动需要参加，是米线美食文化旅游节的闭幕式，同时举办"鑫泰杯"米线姑娘形象代表选拔大赛。真是一场文化大餐，但大多数人都坚持不住，请假回酒店疗伤去了。

那是室友沈浩波唯一没有久留在外的一晚，他早早地就躺下睡了，而我还得最后一次修改稿子，因为最后的交稿期限就在当晚，我们必须把一组诗交给《诗刊》的彭敏，另一组诗交给《边疆文学》的刘年。到了十一点，竟然有人敲门，是来要照片的。我拷照片的时候，他坐下来吃了一个石榴，说明天去河口是吧？那里可漂亮了。沈浩波不知道是不是受到了打扰，他再也睡不着了，不停地在床上翻来翻去。

后来才知道，来人是蒙自本土的诗人四马，在他的博客中看到几首刚刚写好的诗，题目是《滇越铁路的空》：

"远远看去，被风撑起的白光/夹杂狗尾巴草/运动的方式被云取代/又白又大，像月亮的后脑/一只鹰在铁轨上练习走路/翅膀趴地/置放在博物馆的火车头/有恻隐之痛。时间很冷/铁了心的山道羊肠被我掐断/碧色寨至芷村像半截蚯蚓在半山腰蠕动/我喝口水，继续上路/前方很空，但有几股热气在交叉窜扰。"

28 日，周五，是第 28 届青春诗会的最后一天，活动安排去中越边界的河口，接受爱国主义教育。原以为我们会成为跛脚鸭子，没有想到当大家见面时，像什么事情也没有发生。商震老师则说："要不，我们今天再走一遍？"

大家准备出发的时候，看到莫卧儿与夭夭站在酒店大堂直抹眼泪。特别是夭夭，一直哭个不停，而且咬着自己的嘴唇。我真担心哪一天她一伤心，把自己的舌头咬掉了。夭夭平时话不多，通过几天的接触，发现是一个内心涌动、外表平淡的女人。如果用一个瓷器来形容，她是一个开口很小、肚子很大的嘟噜瓶。蓝野说，莫卧儿两天之后的国庆节要结婚了，所以她必须提前一天返回北京。霍俊明也因为第二天有课要上，所以也要提前结束。大家才回过神来，七天的青春诗会已经接近尾声，几个女同学听到消息，早已经是泪眼婆娑。

恐怕大家已经感受到了最后的时光的临近，上车以后出现了少有的安静与沉默。因为大家都没有护照，也没有什么情绪，只在中越边境走了走，在中国界碑前合了合影，然后逛了逛边贸市场。毕竟是边境，商震老师很紧张，特别强调，要男女搭配，结伴而行。所以诗人们哪里都不敢去，夭夭在农贸市场买了一点咖啡，我与蓝野几个买了一个牛皮钱包。

有个越南的男孩，二十岁左右，蓝野过街他就过街，蓝野留步他就留步，像一条影子，也不说话，明目张胆地尾随了几条街，不明白对方的目的是什么，所以也不敢训斥，搞得蓝野很狼狈。商震老师说，也许蓝野的诗名已经传到了中越边境，他的粉丝想找他签名。沈浩波带着几个人，登上了红河上的一艘游船，喝了几个小时的茶。大多数人静静地坐在马路边的一家冷饮店里，每人抱着一个又大又圆的椰子，喝着新鲜的椰子汁，享受了一下从异国他乡漏过来的散淡的阳光。

直到在返回的途中，经过一个神仙经常出没的湖泊的时候，大家的情绪才稍微高涨了一点。那湖水是绿色的，发出幽暗的光芒，湖边是茂密的原始森林，大家纷纷跳下车，走下山坡，去湖边戏水。有几个年轻人，直接钻到了湖的对面，爬上一棵呈四十五度倾斜的大树。真让人担心，他们一旦掉了下去，恐怕不是掉到湖底，而是掉入了天空的倒影中。沈浩波突然对我说："人生第一次有了拍照的欲望。"以湖为背景，我拍到了最好的两张照片，一张是蝴蝶的，它色彩斑斓，静静地站在一朵花上；另一张就是沈浩波与翩然落梅的合影，他们的脚下是他们自己的影子。

我发现了离湖不远的半山腰上的一户人家，门前有一片金黄色的田地，也许是还未收割的稻子。田地中有一棵树，树上拴着一匹枣红马，悠闲地甩着尾巴低头吃草。男人在门前劈柴，女人正在田头喂马，还有一个小孩在旁边跑来跑去。海子《面朝大海　春暖花开》中有言："从明天起，做一个幸福的人/喂马、劈柴，周游世界/从明天起，关心粮食和蔬菜/我有一所房子，面朝大海，春暖花开……"我原以为现实世界中，已经没有劈柴、喂马的生活了。我指给大家看了，都以为是天堂的镜头。我想，如果有一天，能带着一家三口，过着与世无争的日子，然后有空的时候再写写诗，与外边的亲戚朋友们写写信，那不是神仙日子又是什么呢？

从河口回到蒙自，当地政府举行了一个告别晚宴。为了感谢当地政府，大家敬了不少的酒。晚宴过后才是同学之间正式的告别，大家觉得恐怕只有酒，才能表达这种离愁别恨，所以决定移师酒吧，很多人打算一醉方休。但雷平阳把我和唐小米喊过去，说是要辛苦我们一下，稿件需要认真修改。

我修订完稿件是晚上九点多，我没有急着赶到酒吧与大部队会合，而是坐在房间里吃起了石榴。这些天堆积下来的石榴已经有十几个了。我突然莫名其妙地想起了蓝野，想起了他的妻子从自家院里摘石榴的情景："每年中秋/石榴就成熟了/红着脸膛，或者笑裂了嘴/它们被你一颗颗摘下/一颗颗摘下，并念叨着，这颗是女儿的/这颗是儿子的/这颗是婆婆的//这颗是我的/这颗是你的//但你总拣出那些大一点儿的/——这颗是孩子爷爷的/——这颗是孩子姥爷的/——这颗是孩子舅舅的/这些过世的亲人/也许可以听到你的念叨……//我们和你一样，一致认定，所有的亲人/有滋有味地品尝了这又酸又甜的石榴。"

我陪着唐小米一起外出了一次，应该是这次青春诗会最大的秘密，因为没有第三个人看见我们到底去了哪里。其实，我们只是上了一条热闹的大街，在一家烟酒店里，唐小米给老公买了几条云烟，而我则买了一盒六年的普洱茶饼。之后，我没有直接返回酒吧，借口要去吃点东西，独自在一条无名的步行街上，吃了一碗豆腐花，看到一条"宁愿不长一根草，也要保卫钓鱼岛"的标语。我感慨万千，明天就要离开了，这个叫蒙自的边远小城，应该不会再来第二次了，它却永远地驻守在我的灵魂之中，驻守在我的文字之中，如夜色一般发出蓝色的光辉。

我去酒吧时已经是晚上十一点多了。泉子不在，恐怕又去文物市场淘宝去了，据说他已经淘到了不少文物字画。彭敏已经倒在沙发上睡着了，可能真累了，也可能是醉了。唐果与沈浩波在玩掷色子的游戏。三米深在与几个诗友聊天。雷平阳、大解正在与翩然落梅、灯灯、王单单、泉溪几个拼酒。

雷平阳高兴，所以喝得有点多。我去敬他，说稿子改好了，谢谢他的帮助。他伸出湿淋淋的食指点了一下我的额头，像一位高僧蘸了一点圣水点化在施主的眉心。我至今也不明白他什么意思，他自己也不知道什么意思。反正酒杯端起来，我只抿了一小口，他也没有反对。蓝野是这次诗会的管家，一个人坐在昏暗的油灯下一边喝茶一边算账。

我稍微待了一会儿，就打出租回到酒店，开始整理东西。十二点刚过，室友沈浩波就回来了。之后，一帮人都回来了。王单单扶着一个人，不清楚是谁，听声音有点醉，使劲地敲着我的门。沈浩波说，不要开啊！再后来，有几个人接着喝，开始在房间里，随后挪到了楼道，据说一直喝到天亮，直接收拾收拾出发了。

29 日 9 点整，大家集体乘车前往机场。最早是下午两点的航班，最后一个是大解，晚上九点起飞，而且要经停武汉。原打算在机场告别一下，但到了机场，航班不一样，登机口不一样，很多人没有来得及打招呼，不知道什么时候已经不见了。不知道哪位同学说："这样好，让大家连哭的时间也没有了。"

我的飞机是下午五点的，不是最晚的，但故意拖在后面，目送着诗友走向另一个方向。我以最缓慢的速度，离开蒙自，离开红河，离开云南，离开兄弟姐妹，暂时地离开诗歌，回到各自所在的有点喧闹的现实。在登上飞机以后，透过舷窗俯视大地的时候，我想到了商震老师的一首诗《车过泰山》。他在最后一节写道："我坐在车里仰望泰山/从一个侧面到另一个侧面/我太低，看不到泰山全貌//车驶过了泰山/我依然回头张望"。

这就是离开云南之后，几十天，几个月，几年，甚至几十年里，需要一再回头张望的第 28 届青春诗会。

安　　溪

1

　　那天见到陈主义的时候，隔着五十米远远地望去，他那黝黄的皮肤，结实而坚硬的身体，朴实而沉默的表情，给我留下的第一印象是，他应该是地地道道的农民，是从泥巴深处长出来的，比如山药——当时，我还不知道他和山药有什么血脉联系。

　　由福建泉州出发，朝着西北方向行驶 60 公里就是安溪县城，一提到安溪大家不免立即会口内生津地想到铁观音，但是如果自安溪县城继续朝着西北方向行驶 60 公里，就会被一个叫长坑乡山格村的小村庄给拦住。走进这个其貌不扬的小村庄，沿着小路两边的庄稼地里密密麻麻地种植着一种植物，长藤，缠着竹架，呈紫红色，卵圆形叶片……那就是大家通常所说的山药。唐朝诗人杜甫在《发秦州》中有"充肠多薯蓣，崖蜜亦易求"之句，薯蓣其实就是山药，可见山药是一种多么古老的植物，在唐朝就是人们充饥的家常便饭了。

　　但是在山格村方圆几百里，大家都不叫它山药，而是称之为淮山。之所以不以"药"来论之，而以"至清之水"的"淮"来称之，还与山格村陈氏家族的渊源往事有关。据当地作家陈德进整理挖掘的一份资料记载，在长坑乡东部，有一座古岩山，有一座大香山，两山相拥形成的山谷腹地，那就是山格村，聚居着陈氏、谢氏、邱氏等几大家族。淮山在山格村，由野生改为人工种植，大约在元代至正年间，村里来了一户陈姓人家，主人叫陈智。陈智搭草寮，结草庐，本以巡水放鸭为生，忽一日登上古岩山，进入古岩寺（后来古岩寺迁建于大香山，更名为补陀岩），拜过观音菩萨之后，沿着山后小路下山，没走出几步，突然发现草丛中，有一株野山药，藤条粗壮，叶片墨绿，藤节生长叶梗的地方，结出一颗颗"山药籽"。陈智虽然识字不多，但也隐约懂得这株野山药是名贵的，并蕴含着"枝繁叶茂，子孙满堂"的寓意，于是采下一串"山药籽"带回家，悉数种到了土垄上。

由夏而秋，由秋而冬。陈智种植的山药笔直粗壮，挑到集市上很快兜售一空。陈智非常高兴，认为这一切均是观音菩萨的指引，于是把留下的山药去了皮，做成了山药清汤，毕恭毕敬地端到古岩寺，虔心敬奉观音菩萨。从此，陈智采下山药籽，种于房前屋后，不几年便发了家，翻倒草寮，建起白墙青瓦的"十间张"大厝，唤名"林兜厝"。陈智的后代，生儿育女，开枝散叶，不断繁衍生息，成为山格村三大族姓之一。陈智作为山格陈氏开山基祖，如今其所建林兜大厝，也成了山格村陈氏祖宅。

也许是受先祖的庇护，也许是受淮山的滋养，到了清朝顺治丁酉年（1657年），山格陈氏中有位叫陈嘉章的读书人，乡试高中第三十九名，被举荐为邵武府教谕。陈嘉章金榜题名的消息，传回家乡山格村，乡亲一片欢欣鼓舞，商议着用最好的家乡菜，来祝贺这位考取功名的本家学子。陈嘉章由一帮文朋诗友陪伴着，回到林兜祖宅大堂前，参加庆功宴。宴席中，山药炖排骨，山药猪脚煲，有几道菜令客人们嘴馋不已。

席间，有一位诗友，不知山药为何物，就悄悄地问陈嘉章。陈嘉章暗自揣度，今天是大喜之日，若言是山药，很不适合这种场合，便脱口而出："是淮山，山格淮山！"山格淮山自此正式定名，并从陈嘉章高中举人开始，逐步名扬天下。

据村民们代代相传，淮山在山格村的种植已经有四百余年了，世居于此的几大家族后代，他们怎么也没有想到，竟然是这种不起眼的东西，带着他们走出了噩梦，也让在地图上几乎很难查到的偏僻的小山村，走出了八闽，走向了大江南北。

2

也许是带着某种遗风，也许是带着某些神示，山格陈氏的后代陈主义出场了。

陈主义生于1973年8月，那正是淮山生长的关键时节。陈主义中学毕业的时候，考上一所农业中职学校，学习的是兽医专业，这对于一个农村孩子来说，是非常不容易的，也是非常安稳的职业。1995年中职学校毕业，陈主义经过激烈地思想斗争，还是决定回到山格村，把自己未来的主战场，放在了大山深处的家乡。他整天背着药箱子，穿行于方圆几十里，给畜生看病，劁猪骟牛，老老实实地做起了兽医。说实话，这份工作是令人羡慕的，既让他得到了乡亲们的尊重，也让家里贫穷的生活得到了改善。

但是谁也没有想到，陈主义把兽医工作干得风生水起的时候，却突然想到了改行，把目光投在了淮山身上。他从小就非常爱吃淮山，无论和排骨、猪脚一起炖，还是单独糖醋、清炒和凉拌，都绝对是生活中的美味佳肴，并非想吃就吃得到或者是舍得吃的。即使如此，淮山在方圆几百里，仍然与蔬菜瓜果一样，每家每户都会种植一点点，仅仅供自己家里享用，加上它不是主粮，又有极强的时令性，不能长期储存，所以淮山的地位，还不如其他庄稼，更不能与茶叶这个大家闺秀相比。当地的土地本来就少，平川地带首先要保证种水稻，山坡地带首选的则是茶叶。

故事还得从 2005 年 12 月某一天的一场噩梦说起。那天晚上，正在睡梦中的陈主义突然被一声巨响和伴着零散的噼啪声惊醒。他明白，这不是谁家在过喜事，而是自己一直担心的悲剧又发生了。他赶紧穿起衣服朝外跑，但是刚刚打开门，就看到一百米远的房子燃起了熊熊大火，空气中弥漫着浓烈的硝烟气息和刺鼻的味道。他太清楚这种炝人的气息了，因为从小就目睹着山格村的老老小小们，一有空闲就坐在自己家里加工鞭炮，眼前的一切正是因为加工鞭炮的时候引起爆炸造成的。

陈主义赶到现场，发现这户人家的三间房子其中一间已经不见了。大家在烟雾之中找了几遍，也没有发现一个人，最后看到了已经被炸飞的尸体，手和脚不见了，只剩下残缺不全的头和肚子。面对如此惨烈的场景，出事人家的亲人们哭了，陈主义也忍不住哭了。

其实，陈主义并非第一次经历这种场景，因为这个贫穷落后的小山村，没有什么资源，地理位置十分偏僻，大家唯一的生活来源，包括上学、娶亲、油盐酱醋、衣食住行，都得依靠加工鞭炮得来的微薄收入来维持。因为技术含量不高，无论大人孩子都可以参与，所以在山格村，家家户户都是鞭炮作坊，上到八旬的老人，下到十岁左右的孩子，都在没日没夜地投入这项危险的工作，而且这种状况同样也有几百年的历史了。

据村支书陈文爵介绍，在过去，村子里有 85% 的家庭在加工鞭炮，由于不规范地操作和各种意外，这个远近"闻名"的鞭炮村大大小小的悲剧，每隔一段时间就会发生。有些人被炸死了，有些人被炸掉了手，有些人被炸坏了眼睛，有些人被炸掉了耳朵和鼻子，有些人被烧得不成样子。其中有两个人，是陈主义十分亲近的，一个是小学同班同学，在上四年级的时候，在家里被活活地炸死，另一个是自己的亲姨，当时被送往医院，为了保住一条命，上上下下借了十几万元，最后命是保住了，但是她的双手永远地残疾了，连做饭的锅铲子都没有办法握了。

　　那天回到家之后，陈主义就经常做噩梦，梦见那具恐怖的尸体，梦见那让震动大地的巨响，梦见那熊熊的大火。他整天担心，不知道什么时候又会发生在亲戚朋友身上，发生在乡亲们身上。陈主义是山格村极少数中不做鞭炮的人，他在行医过程中逢人就劝说人家，别再做鞭炮了，但是人家说，你是兽医，不做鞭炮可以，但是我们不做鞭炮没有饭吃，照样是死路一条。做鞭炮虽然很危险，收入也十分微薄，但是人人都可以干，在家里随时可以干，关键是没有其他收入，让人怎么可能轻易放弃呢？

　　陈主义带着噩梦来到了安溪县城，他此行的目的十分明确，就是为自己也为乡亲们寻求生存之道，但是面对世世代代都面朝黄土背朝天的农民，面对荒山恶水、穷乡僻壤的山格村而言，他是十分茫然的，他不知道出路在哪里，更不知道自己的噩梦何时会结束。

　　有一天晚上，几位朋友请他吃火锅，那时是春节前夕，还是吃淮山的季节，其中有一道下锅菜是淮山，自然成了大家争抢的美味，所以连上三盘都被吃光了。大家由此聊到了淮山，自然又绕不开地聊到了山格村。听到大家大加赞赏淮山，那家火锅店的老板说，淮山在饭店里确实属于热门菜，但是去皮过程十分麻烦，而且去皮的时候，皮肤会过敏，如果有不用去皮的淮山那就太好了。

　　说者无心，听者有意。老板的话像一把手电筒，在陈主义茫然的脑海里射下了一道光柱。那顿饭结束之后，陈主义有些神神叨叨起来，像是一位面对观音菩萨进行祈祷的香客，又像是一位自念自闻的参禅悟道的和尚，口中反复念着"去皮"两个字。他念着念着，想着想着，就笑了。

他开始是这样想的，直接种植没有皮的淮山。但是皮之不存，毛将焉附？在这世上，谁是无皮而生的呢？无论是小草还是大树，无论是老虎还是苍蝇，生命万物都是连皮带肉的。最后，当他无意中走进一家超市，看到有人在购买涪陵榨菜，那真空的塑料包装，引起了他的注意。他购买了十袋塑料包装食品，既包括榨菜，也包括腌竹笋。他不是要吃这些东西，而是他想从这些东西上得到启示。

他是永远不可能种出无皮淮山的，但是等淮山种植出来后，剥下它们的皮，留下它们的肉，切成片放在塑料袋子里，再想办法进行保鲜，问题不是都解决了吗？

3

陈主义在学兽医期间，学过一些中医知识，他对中医药是有所了解的，知道淮山既然叫"山药"，不仅仅有极佳的味道，还应该有极好的药用价值。从安溪县城离开之后，为了找到确切的科学依据，他又跑了几次泉州和福州，翻阅了许多资料后发现，淮山可以药、食两用，品、疗能够兼得：一是淮山富含淀粉和蛋白质，而且含有钾、磷、钙、镁、铁、锌、铜、锰以及 16 种氨基酸，这些都是人体所需的微量元素。二是淮山性味甘、平、无毒，归脾、肺、肾经，李时珍在《本草纲目》中表明，淮山能"益肾气、健脾胃、止泻痢、化痰涎、润皮毛"。具体到山格淮山，由于当地独特的气候条件、富含微量元素的沙质土壤和清冽自然的山泉水源，使山格淮山块茎粗直，长达一米，肉质肥厚，食用时脆而不硬、酥而不软，是众多淮山品种中的佼佼者。

陈主义有了这些科学依据，心中一下子有了信心。淮山是清明前后种植，冬至前后收获，春节一过，春暖花开，村民们就要选择种什么了。如果是种淮山，那就要提前预留种子，如果是种水稻，那就得在3月份播种育秧。陈主义在春节期间，便挨家挨户劝乡亲们种淮山，乡亲们嘴上答应得好好的，但真正到了种淮山的前夕，该种水稻的插上了秧，该种红薯的种上了红薯。

陈主义明白，要改变祖祖辈辈的种植习惯，肯定需要花费一些功夫。他准备把自己家的地拿出来搞实验，但是当他把想法告诉阿爹（在闽南话里是父亲的意思）的时候，遭到了阿爹的强烈反对。阿爹骂他，不好好做鞭炮，想七想八的干什么？如果把地全部种淮山，家里吃的粮食从哪里来？陈主义说，淮山是好东西，拿出去可以卖钱，等有了钱再去买粮食。阿爹说，到时候卖不出去怎么办？陈主义告诉阿爹，不仅有人要，可能还很抢手。

陈主义的账虽然算得很清楚了，但是阿爹还是不同意，仍然把家里的一部分地用来种了水稻，留下一亩地给陈主义让他去"折腾"。陈主义无奈之下，利用阿爹留下来的一亩地，再从村民手里租了两亩地，当年总共种植了三亩淮山。让他高兴的是，淮山是喜高温、耐干旱的作物，虽然当年并非风调雨顺，但自己的淮山还是丰收了。

他先收获了小部分淮山，拉到泉州，找到一个闹市区设摊摆卖。他之所以选择泉州，而不是安溪，是希望找一个相对大一点的城市，借机试探一下市场前景，看看行情到底怎么样。在市场上，有一部分人，看到他的又粗又直、颜色黄亮的淮山，怀疑根本不是本地种的，而是在大棚里通过现代化手段培育的，大量使用了化肥和生长剂。陈主义解释，他不仅是地地道道的农民，而且祖祖辈辈都是农民，他使用的都是农家肥，也不使用任何农药，这些淮山几乎是半野生状态的，之所以长得如此之好，是因为他们山格村的多沙土质非常适合淮山生长。还有另一部分人，尤其是在城里长大的，他们竟然问他卖的是什么东西？他告诉人家那是淮山，人家又问淮山是什么东西？他告诉人家淮山就是山药，人家又问山药是治什么病的？他告诉人家，山药既是一种药又是一种食物，是可以药、食两用的，人家又问这种食物怎么个吃法？他告诉人家可以煮、可以炖，可以热炒、可以凉拌，就像土豆、红薯一样，人家说原来就是土豆、红薯啊，那我们干脆去买土豆、红薯得了！他告诉人家虽然像土豆、红薯，但是比土豆、红薯有营养，还可以补肾、健脾、化痰、止泻，人家说他们没有见过，万一吃出毛病怎么办？

当他信心满满地摆好摊子，不停地吆喝着说，"这是土生土长的山格淮山"，但是阿爹的话应验了，他的淮山几个小时仅仅卖出去了十几斤而已。

陈主义还是没有灰心。他明白了症结所在，虽然自己选的是闹市区，但是自己摆的是路边摊，认识不认识淮山的人，其实都是不放心的。如果摊子摆在正规的菜市场，或者是到正规的饭店、餐馆推销；再者，如果不是自己在卖，而是菜市场的摊主在卖，或者饭店、餐馆的厨师在推荐，那么人家就不会有那么多的怀疑了。陈主义再次带着自己的淮山来到泉州和安溪，走进几家蔬菜批发市场和饭店、餐馆的时候，立即与几位识货的批发商和老板们达成了代销供应协议。

陈主义找到了销路之后，他回到家把剩下的淮山全部收回来，拉到城里很快都卖掉了。第一年，他种植淮山发了一笔小财，每亩的收入达到一万多元，三亩总共收入将近四万元，在当时那可是一笔不小的财富。

陈主义把淮山装上货车运往城里，换来的是乡亲们既羡慕又惊讶的目光。他又开始劝说乡亲们种淮山，但是乡亲们提出了新的疑问，说你一个人种淮山可以卖，如果大家都去种淮山，淮山太多了就不好卖了，到时候卖不出去怎么办？

奇货可居。村民们提出的问题无疑是存在的。而且淮山是季节性十分强的食品，储存保鲜非常不容易，不及时卖出去那就烂掉了。陈主义带着乡亲们的疑问，咨询了相关食品储存专家和开公司懂市场的朋友，专家和朋友们的回答让他十分兴奋。

陈主义心中有数之后，他找到了村支书陈文爵，把自己的计划和盘托出。他的计划很简单，投资建设包括冷库在内的淮山加工厂，发动乡亲们大种淮山，再由自己收购回来，统一进行去皮加工、装袋储藏、保鲜销售。他的计划无异于一场风暴，既改变了"农民就是种地的"的思维，又改变了"种地就是为了糊口"的目标。这让陈文爵激动不已，立即决定两个人合伙投资十万元，建设山格淮山加工厂，成立山格淮山合作社。

两个人谈好之后，陈主义拿出了自己当兽医这么多年积攒下来的三万元，又去朋友那里借回来了两万元，正式投入到了计划的实施之中。陈主义明白，开始赚不赚钱并不重要，重要的是解决乡亲们的后顾之忧。于是，他与加入合作社的乡亲们达成协议，他们种植出来的淮山由自己全部收购，当时市场价是 1 元一斤，他给出的收购价高出一倍多，是 2.4 元一斤。这样一来，乡亲们不仅仅彻底安心了，热情一下子也高涨起来，尤其是因为鞭炮爆炸造成双手残疾的亲姨，主动找到陈主义要求加入合作社，投入到淮山种植行列中来。如今，陈主义的亲姨，由于种植淮山加上茶叶的收入，从昔日的欠债大户，不仅已经脱贫了，还盖起了三层洋楼，购买了私家小轿车，过上了安稳富裕的小日子。

第二年、第三年、第四年……山格村的乡亲们心甘情愿地放下了鞭炮，一年又一年地跟着陈主义种淮山。不几年，山格村淮山种植面积达到1000多亩，年产量2000多吨，除少量自行销售外，大部分由别人代销进入全国各地的批发市场和超市。山格村1800多户人口中有1000多户种植淮山，淮山产业人均年收入达3500多元，占村民人均收入的45%。

第二年开始，乡亲们跟随陈主义大面积种植淮山，甚至有一些村民干脆把产量不高的茶山也拿出来改种淮山了。正当乡亲们拿着出售淮山的收入，欢欣鼓舞地迎接新年到来之际，谁也没有想到上天却给陈主义当头一棒。

4

在淮山收获的季节，陈主义的加工厂开始运行，冷库也正式投入使用，他把从乡亲们手中收购的6吨淮山，进行统一去皮、切片、真空密封之后，储存进冷库之中，等待着分时分批运往各地。

有一天，陈主义打开冷库准备发货的时候，突然发现那些淮山看上去怪怪的，真空的塑料包装长胖了，像被充气一样鼓了起来。他拆开袋子，发现密封的淮山已经变色，不再是乳白色的，而是变成了黄色的，上边还起了黑色的霉斑。他放在鼻子下闻了闻，发现不再是无味的，而是散发着淡淡的臭味。他拨开第一层、第二层，拨开第三层、第四层，一直拨到了底，发现都是发霉变质的。他的心凉了。他被吓坏了，赶紧打电话叫来了合伙人陈文爵。

陈文爵拆开一袋又一袋，再次证实6吨淮山出事了。为了收购乡亲们的淮山，他们又借又贷地凑了好几万元啊，如今这些淮山都坏掉了，不等于是打水漂了吗？他们不明白到底是冷库的原因，还是操作技术上的失误，两个人十分心痛地坐在冷库里，一句话都没有了。

他们一直坐到天黑，竟然忘记关掉冷库，被冻得头发、眉毛上结了一层冰霜，仿佛一下子苍老了十岁。这么多的淮山一下子变成了垃圾，到底应该怎么处理呢？怎么向乡亲们交待呢？陈文爵建议，把这些发霉的淮山送给乡亲们，让他们拿回家去喂猪算了。陈主义拿了几包回家，试着交给阿娘（在闽南话里是妈妈的意思）喂猪。阿娘问，为什么拿这么好的淮山喂猪？不会是坏掉了吧？陈主义承认了。阿娘埋怨说，好好的淮山坏掉了，你们不就亏本了吗？我们早就劝你不要种淮山，你偏偏不听我们的，自己种几亩就算了，还收购了那么多，明年你就别管人家了，还是老老实实地种水稻吧。

陈主义赶紧撒谎说，仅仅坏了几包而已，大部分都是好好的，阿娘你就放心吧。陈主义安慰完阿娘，赶紧返回冷库告诉陈文爵，这些淮山绝对不能送给乡亲们。陈文爵说，难道猪也不吃吗？陈主义说，猪倒是吃得挺香的。陈文爵说，难道猪中毒了？陈主义说，不是中毒不中毒的问题，大家好不容易认可我们，跟着我们种植淮山，如果知道他们辛辛苦苦种植的淮山都喂猪了，肯定会和我阿娘一样，觉得跟着我们是没有前途的，以后谁还有信心继续种植淮山呢？陈文爵说，不送给他们喂猪，又不能卖出去，那到底怎么办啊？陈主义说，我们还是悄悄地埋掉吧。

当时已经是晚上十点，四周都是漆黑一片，他们借了一辆三轮车，一车车地把淮山拉到一条小河边，一袋袋地把淮山全部倒进河坑，铲起泥巴一点点地把淮山埋了起来。他们像埋人一样，既伤心又劳累，不想说一句话，不敢用手电筒，发现有人经过就躲起来，发现有摩托车的灯光就把淮山盖起来。他们像两个小偷，偷偷摸摸地干完活的时候，已经是凌晨一点了。

陈主义带着一身疲惫回到家，阿爹阿娘、老婆孩子都呼呼噜噜地睡得正香。而他睡意全无，他对未来并不迷茫，但是对现在却充满伤感。他拿出一坛酒，那是用糯米自酿的红酒，独自坐在黑漆漆的屋子里，自斟自饮地喝了一斤多，然后大醉一场睡去。等他醒来时，已经是早晨十点。大家好奇地问陈主义，冷库里那么多淮山怎么不见了？陈主义把苦水吞进了自己的肚子里，面带笑容地告诉大家说，哎呀，我们的淮山太好销了，昨天晚上全部被一个大客户拉走了。

那天是大晴天，太阳耀眼而寒冷地照着，他简单地吃了点东西，回冷库那边转了一圈，然后折身离开了山格村，朝着福州方向赶去。在经过埋着淮山的那条小河，陈主义像看到一座埋着希望之光的坟墓一样停下脚步……此后很多年，每次经过这里，他都有想祭祀一番的悲伤。

几经周转，通过朋友的介绍，陈主义找到了福建农林大学的食品专家林河通教授。当时已经是福建农林大学农产品产后技术研究所所长和食品科学学科带头人的林教授听到陈主义的介绍，并仔细查看了他带着的样品，很快就发现了症结所在。

林教授告诉陈主义，之所以出现胀气、发霉和变质等异常，恐怕是储藏不当造成的。淮山是生鲜食品，并非高温消毒过的熟制食品，在去皮、切片、清洗、包装的过程中，不可避免地含有厌氧类的细菌，即使抽去塑料包装内的空气和在0℃～7℃的环境下，仍然不能阻止它们的生长，从而产生气体。林教授打比方说，它们像人一样也会呼吸，如果在-3℃～0℃之间冷藏，这些厌氧菌就会进入休眠状态，在一定时间内就会保鲜了。

原来，陈主义他们在储藏淮山的时候，按照常规把冷库的温度调节在0℃～7℃，但是淮山适宜的储存温度是-3℃～0℃。

　　陈主义辞别了林教授，按照要求对冷库进行了调节，又向亲戚朋友们借回来5万元，继续以2.4元的价格对外收购淮山。他之所以铆着劲向前走，不为亏损的几万元钱半途而废，是因为淮山不仅关系到自己的命运，也关系到山格村的未来。

　　陈主义感觉到了科学的力量，于是大量阅读相关技术方面的书籍，希望通过知识对淮山的加工、种植等各个环节进行改良。他首先把目光投向了种植方面，传统种植方式缺点很多，比如种在1米多高的垄上，间隔必须在10cm~20cm，长在土里不好控制，所以长出来的样子，横七竖八的，都不一样。尤其是竖着生长的，而且长至一米左右，挖掘起来非常吃力，要非常非常小心，不然挖断了，就卖不出好价钱了。

　　陈主义整天苦思冥想，经过许许多多的实验和咨询，希望破解不易挖掘的难题。有人开玩笑说，淮山天生就是站着生长的，你又不是淮山它阿爹阿娘，它不可能乖乖地听你的话，躺着长，或者自己从泥巴里走出来。

　　有一天，他去外边办事，看到有人在叫卖一对何首乌。两只何首乌长得一模一样，像两尊慈悲为怀的观音菩萨。有人觉得十分稀奇，准备出高价购买下来，这时候有人就道破了天机，说那并非天然生长出来的，而是放在一对模子里人工种植出来的。刚好，陈主义又看到了一根自来水管，突然之间就有了灵感，心想如果用水管做成模子，把淮山放在模子里，他即使不是淮山它阿爹阿娘，让它是竖着长还是横着长，到那时候不都是听自己的吗？

　　陈主义回到家就着手开始实验，有人又开玩笑说，你看看有什么庄稼是横着种的。你以为淮山是你老婆，想让她站着就站着、想让她躺着就躺着吗？陈主义说，淮山和老婆是一样的，既然老婆可以站着活，又可以睡下来活，淮山肯定横竖都可以活。

　　经过两年时间的琢磨，做了上百次的试验后，陈主义又成功了。他用来做"模子"的，是成本比较低的 PVC 管。整个程序是：把 PVC 管分成两半横着埋进土里，把淮山种在 PVC 管中靠近边缘 5cm 的地方，再在上边撒上农家肥，最后再培上 10cm 厚的土。据估算，用"模子"种植淮山，每亩可以增加收入 1 万元。因为，一是可以横着长，挖起来非常省力，不容易挖断；二是长得又粗又直，样子十分好看；三是密度加大，每亩多种 1000 多株，产量大幅度提高。

　　实验成功之后，他又做了一件轰动的事情，把淮山收购价格翻了一倍，提高到每斤 5 元。不过，他提出了一个条件，那就是把几百年来竖着长的淮山，按照自己的方法让它们横着长。

　　陈主义并没有就此停止，也许他觉得人家天生是竖着的，你却偏偏让人家横着，那该多累啊，关键是每株淮山都用 PVC 管，成本还是挺高的。于是，他又和大家一起，摸索出了另一种方式，那就是用铁管，朝下钻出一个洞，在洞里撒一层细沙，把淮山竖着种植在洞里。如此这般一来，既顺应了自然，恢复了淮山的天性，又解决了问题。

　　山格村的淮山名气越来越大，鲜淮山价格每年能涨 1 元钱，规模也发展到了 2000 多亩。早在 2011 年，陈主义把山格淮山就卖到了泉州、厦门等地，还在泉州、安溪开起了专卖店，而且注册了一家公司，自己出任总经理，委托厦门一家食品厂，加工出了淮山米线、淮山面条等食品；和福建省农科院合作，结合安溪县是茶叶之乡的美誉，研究出了淮山养生茶，结合食品市场热点，推出淮山酥、淮山薯片、淮山营养粥等十几个品种的产品。

　　对于公司名称，陈主义的眼界宽了，心也随之大了，所以就冠之以"福建"二字，希望山格淮山走出山格村，走出长坑乡，走出安溪县，走出泉州市，从而走向福建省，甚至走向大江南北。

那天下着小雨，当我走进位于安溪县城的山格公司总部，陈主义知道我还没有吃晚饭，虽然订了一份外卖回来，我还是忍不住拿起他的产品——淮山薯片吃了起来，在我看来，那香，那脆，那甜，是人世间最好的美味之一了，不仅自己连吃了三包，还带回几包发给同行的朋友们。从安溪离开之后，陈主义也许是知道我身体不好，也许是想表达一份感恩之情，也许是为了让他的山格淮山走得更远一些，给我快递了一箱米线、一箱面条和一箱营养粥。那段时间，我几乎天天晚饭都吃山格淮山，直到一口气吃完为止。

在简陋的公司里，最引人注目的，不是和名人的合影，也不是琳琅满目的获奖证书，而是墙上挂着的一面红旗。聊到这里，陈主义注视着那面红旗。我的脑海里，立即跳出另一个画面，那就是在几百年前的山格村，陈主义的先辈陈智，山格淮山的鼻祖，在种植淮山成功之后，来到古岩寺里，跪在观音菩萨面前，眼里所流露出来的虔诚和恭敬。

衡　　水

　　你去过衡水吗？还没有去过的话，抽时间去一次吧，最好踩着春天的脚步。我的印象中，带"衡"字的地名，比如衡山，比如衡阳，都属于三湘大地。真正地到了衡水，才知道自己抵达的不是湖南，而是燕赵大地河北。

　　我是从湛江坐飞机到济南然后转乘高铁，花费半天的时间到衡水的。在湛江的时候已经是烈日炎炎，而到了衡水竟然白茫茫一片。我一愣，难道是四月飞雪？但是伸手捉了几片，才发现是棉花一般的柳絮。柳絮与雪花不同，不化，也没有六个角儿，而且雪花飘着飘着，沉重笨拙的身体就飘不动了，落地之后就再也飞不起来了。但是柳絮有风的时候就飘，没有风的时候就落，所以衡水大地一会儿一片霜白，一会儿一片青绿，在苍老和青春之间变幻着，真像唐代诗人雍裕之在《柳絮》中所形容的那样："无风才到地，有风还满空。缘渠偏似雪，莫近鬓毛生。"

　　柳絮自然来自柳树，所以衡水的柳树到处都是，马路边，田野间，湖水旁，有的成排，有的成片，有的成林，正好又是大好的春天，所以呈现一派鹅黄和翠绿。这种颜色是嫩的，是柔软的，是婀娜多姿的，是富有生气的。柳枝儿被风轻轻一吹一拂，像青春少女撩动着闺房的门帘，羞涩地窥探着外面的世界。也正好，有各种各样的鸟儿，像少女们怦然的心事，在柳林中时隐时现，跳跃，鸣叫，戏耍，真可谓是一派春心荡漾的画境。

陕西简称秦，山西简称晋，河南简称豫，每一个地方的简称，其实代表着这个地方的精神原乡，也可以说是这个地方的根脉所在。河北在战国时期大部分属于燕国和赵国，所以又称燕赵大地。燕赵大地的根脉何在呢？我以为就在衡水，因为河北简称"冀"，源自衡水市如今下辖的冀州区。大禹把天下分为九州，所以中国古代又叫九州，而当年的冀州乃九州之首。

衡水在公元前两千多年前的夏朝就有了，当时分属冀、兖二州，经过分分合合，目前的衡水是 1962 年设置的。我每到一个地方，总喜欢去河边走走，因为河是一面镜子，它流经两岸的时候，总能照出历史和现实的影子。我想，这里之所以叫衡水，应该有一条衡河。我刚刚住下，就问去衡河怎么走。当地的朋友则说，潴龙河，滹沱河，滏阳河，滏阳新河，清凉江，江江河，南运河，这里河特别多，却没有一条叫衡河（水）。倒是有一个衡水湖，相传是大禹治水的时候，取土建设防洪大堤后，留下了这样一片洼地。

但是"衡水"一词，白纸黑字地出现在世人面前，应该是北魏文成帝所立的《皇帝南巡之颂》碑。我在衡水看到的碑是仿制的，真正的原碑被修复以后，存放在山西大同的觉山寺，日日沐浴着袅袅梵音。因为石碑残损严重，经过反复研究考证，可以从碑文中看到，文成帝曾在信都（衡水冀州区旧称）的"衡水之滨"举行过盛大的"禊礼"。"禊礼"指古代在每年的春秋两季举行的清理河污、消灾祈福的祭祀活动。据当地史志专家的考证，"衡水之滨"中的"衡水"，确系河流的名字，是当时穿过冀州境内的漳水下游的别称，又名"横漳"或"衡漳"。这一说法，也得到了史料的印证，《史记》记载："禹行自冀州始。"《尚书·禹贡》也记载，大禹治水时曾"至于衡漳"。

第二天依然是一个明媚的日子，我们一大早就出发了，第一站是去武强县看年画。我的故乡是秦岭南麓的丹凤县塔尔坪，和武强县之间隔着一个山西和半个河北，导航的距离是 1019 公里，驾车需要 11 个小时。而且武强没有一个我认识的人，如果不是为了采风，别说是走亲访友了，连路过的理由都没有。

原以为这个名字威猛的地方，和自己是毫不相干的，从人文地理的角度来说，对我是极度遥远而陌生的。但是站在武强年画博物馆的门前，看到门头悬挂着的一幅年画，我的眼睛被点亮，心为之一颤。朋友便问我，你看看这张年画里有几个孩子？我看到三张孩子的脸，便回答是"三个"。朋友笑着说，其实是六个孩子，所以这张年画的名字叫《六子争头》。这里的"头"，既有头颅的意思，也有"第一名"的寓意。我再仔细一看，画面上确实是六子连体、两两争头的画面。三个头，六个孩子，三坐三趴，还真是绝妙。

艳丽而富有生命力的色彩，胖嘟嘟的光屁股小孩，是那么的可亲、可爱、可喜，顿时把我的故乡和衡水，无缝地对接在了一起。这样说吧，随着参观的深入，武强年画勾起了我心底最美好的回忆。

我对故乡最美好、最深刻、最隆重的记忆，那就是一年一度的春节了。在那个缺吃少穿的年代，我们的一年三百六十五天，似乎只有最后一天——过年，是彩色而喜庆的，其余的日子都是昏暗而苦涩的。这一天的喜庆色彩，是由噼里啪啦的鞭炮声、红通通的对联、温暖的木炭火、高高挂起来的灯笼，和丰盛的年夜饭组成的。当然，最神圣的，还是贴门神秦琼和敬德。记得小时候，父亲把放炮、烧火、贴对联和挂灯笼的任务总是交给我。只有贴门神，他会和我一起。我负责往门神上涂糊糊，他负责告诉我，贴高了还是低了，偏左了还是偏右了。

因为门神对我们而言，是一种守护，是一种祈福，是一种信仰。我们村子里没有一座寺庙，过年没有烧香拜佛的习惯，除了上坟的时候念叨几句，祈求死去的亲人保佑一家人来年平平安安。除此之外，所有的祈福，所有的希望，都寄托在门神的身上了。也可以这么说，除了死去的亲人，我们只有门神可以依靠。

有一年，我的生活和工作非常不顺，经济上陷入了困境，父亲听到消息以后，取出自己辛辛苦苦积攒的一点积蓄资助我，而且特别自责地告诉我，这都怪他，过年的时候没有好好贴门神。原来，那一年春节我没有回家，父亲按照往年的习惯，依然贴了秦琼和敬德，但是到了三月的时候，他才突然发现，把门神贴颠倒了，其中的秦琼那一张，头朝下，脚朝上。父亲嘟囔着说："我们这么不敬重秦琼，他还怎么保佑我们啊！"

父亲分析，自己再老眼昏花，也不至于分不清上下，所以怀疑是村子里的坏人捣了鬼，揭了我们家的门神重贴的。我宽慰父亲，不至于，和我们再怎么有仇，也不会干出这么缺德的事情。再说了，秦琼宽宏大量，而且武功高强，即使是睡着了，也照样可以看门，流年不利都是我自己不争气而已。

这么多年，无论走到天南地北，我依然保持着过年贴门神的习惯。只是时代不一样了，看家守户的门也不一样了。当年在乡下，大门是两扇，所以门神也是两位，秦琼、敬德分立左右，刚好形成守护之势，在吱吱吖吖地开开关关之中，预示着一家人的平安和吉祥。如今在城里，木门大多换成了铁门，开关之间发出冰冷的哐当声。重点是，这些门都只有一扇，所以每次让人特别犯难。把两位并肩贴在一起吧，拥挤，失去平衡，感觉特别不好；如果贴一个人吧，势单力薄，也不吉利。

后来，在家人的建议下，干脆就贴一个"福"字。"福"字有时候用隶书，有时候用行书，有时候用墨水，有时候用金粉，有时候倒着贴，有时候正着贴，但是不管如何，毕竟只是一个汉字而已。没有了门神的故事，没有了门神的血肉，没有了门神的那种味道，更重要的是没有了门神的那种威严的气息。

最初，我们贴完了门神，父亲会问一句，你认识这两个人吧？不等我回答，他就会告诉我，右边的叫秦琼秦叔宝，左边的叫敬德尉迟恭；秦琼脸上留着细长胡子，敬德下巴上长着络腮胡子；秦琼手上拿着的是金锏，敬德手上拿着的是钢鞭。我就会问他，为什么要贴秦琼和敬德，而不贴孙悟空和猪八戒？父亲没有读过书，不知道怎么回答我，每次都是神秘一笑。直到我长大了，自己去查了查资料，才弄清了其中的来龙去脉。

门是人类最重要的发明，我们试着想一想，如果没有门的诞生，我们的居住环境和筑巢打洞的动物有何区别呢？所以，门神的诞生水到渠成，这种传统习俗由来已久，据记载在周朝就出现了祭祀门的活动。祭祀，是中国的一种信仰活动，通常和天地神灵和祖先联系在一起，这足以证明门在人们心目中的重要地位了。

不过，在周朝以前，门神没有具体的人物形象，祭祀的时候只是朝着门，叩拜，跳舞，饮酒，欢歌。直到后来，人们才把神荼和郁垒这两兄弟当成了门神予以祭祀。

据《山海经》记载，东海之上有一座岛屿，岛上有一座巍峨的山，叫作度朔山。山上有神奇的大桃木，枝干盘绕绵延三千里，中间有一道鬼门，供万鬼出入。山上有二神人，一个叫神荼，一个叫郁垒，管理着万鬼。"恶害之鬼，执以苇索，而以食虎"。意思是，他们遇到恶鬼，便用绳子捆住，拿去喂老虎。于是，黄帝命人把神荼、郁垒的像画在门上，并且悬挂着苇索，"以防御凶魅"。当然，据出土的密县东汉画像砖、南阳汉代画像石、宁懋北魏石刻线画，以及武强年画等文物资料显示，除了神荼和郁垒这些神人，人们作为镇宅的形象还有很多，比如神虎和神鸡。

但是，把秦琼和敬德作为门神，得以普及和广泛推广的时间，据相关研究资料显示，估计已经是元代的事情了。最原始的故事蓝本是这样的：唐太宗李世民发动了玄武门兵变，亲手杀死了其大哥太子李建成，大将尉迟恭，也就是敬德，杀了李世民的弟弟齐王李元吉，还对太子和齐王的子孙大肆杀戮，包括几岁的幼童都没有放过。所以李世民顺利继承皇位以后，心中特别不安，晚上无法入睡，总感觉有鬼魂前来索命。于是，秦琼和敬德拿着兵器站在门前站岗。有了两人的守护，李世民心安无事，夜夜都睡得很香。但是后来，两人年老体衰，无法值守夜班，只好把两人的画像挂在门上。

这段故事是真是假，我是无从考证的。但是有人说，秦琼和敬德被普及，得益于小说《西游记》和《隋唐演义》。我查了一下《西游记》，第十回《二将军宫门镇鬼　唐太宗地府还魂》确实是这么描写的——

却说太宗苏醒回来，只叫"有鬼！有鬼！"慌得那三宫皇后，六院嫔妃，与近侍太监，战兢兢一夜无眠。不觉五更三点，那满朝文武多官，都在朝门外候朝。等到天明，犹不见临朝，唬得一个个惊惧踌躇。及日上三竿，方有旨意出来道："朕心不快，众官免朝。"不觉候五七日，众官忧惶，都正要撞门见驾问安，只见太后有旨，召医官入宫用药，众人在朝门等候讨信。少时，医官出来，众问何疾。医官道："皇上脉气不正，虚而又数，狂言见鬼，又诊得十动一代，五脏无气，恐不讳只在七日之内矣。"众官闻言大惊失色。正仓惶间，又听得太后有旨宣徐茂功、护国公、尉迟公见驾。三公奉旨，急入到分宫楼下。拜毕，太宗正色强言道："贤卿，寡人十九岁领兵，南征北伐，东挡西除，苦历数载，更不曾见半点邪祟，今日却反见鬼！"尉迟公道："创立江山，杀人无数，何怕鬼乎？"太宗道："卿是不信。朕这寝宫门外，入夜就抛砖弄瓦，鬼魅呼号，着然难处。白日犹可，昏夜难禁。"

叔宝道："陛下宽心，今晚臣与敬德把守宫门，看有甚么鬼祟。"

太宗准奏，茂功谢恩而出。当日天晚，各取披挂，他两个介胄整齐，执金瓜钺斧，在宫门外把守。好将军！你看他怎生打扮：头戴金盔光烁烁，身披铠甲龙鳞。护心宝镜幌祥云，狮蛮收紧扣，绣带彩霞新。这一个凤眼朝天星斗怕，那一个环睛映电月光浮。他本是英雄豪杰旧勋臣，只落得千年称户尉，万古作门神。

不过，我个人认为，秦琼、敬德当了大家的门神，与其说是得力于文学作品，不如说是文学作品借鉴了门神的故事。门神是民俗文化，是市井崇拜，演义自口口相传的民间传说，应该更可靠一些，因为普通老百姓哪里会读书呢？起码在我的老家塔尔坪，没有几个人读过《西游记》和《隋唐演义》，但是并不影响家家都贴秦琼和敬德。另外，从时间上来说，唐朝的秦琼、敬德二位，作为门神形成一种民间习俗，和两部著作创作的时间，大致都在元末明初，著作相对还晚了一些。何况《西游记》自己也写了，秦琼、敬德当门神已经是"千年""万古"。

不管如何，历史上有名的英雄数不胜数，秦琼和敬德能成为人们避灾化难的门神，这都是靠他们自己修行来的，如果他们没有高强的武功，没有英雄气概，没有仁义的品质，别说成为永不退场的神了，恐怕早已经被遗忘在浩淼的历史烟尘中。

我们家还贴过灶神。我的印象中，贴灶神是母亲去世以后的事情了。我的母亲在世的时候，家里没有粮食。尤其到了冬天，稀糊汤都没有了，只能以麦麸和苞谷糠就酸菜度日。而到了腊月底，几乎到了断炊的地步，家里便会点一锅豆腐。豆腐自然是留着过年吃的，严格来说只有大年三十晚上一顿，剩下的要留到正月招待尊贵的客人。

所以点豆腐的真实用意，其实是为了豆渣。舀上两瓢豆渣，再切几个萝卜儿子，加在一起放在锅里一煮，便是一天最重要的饮食了。豆渣煮萝卜，看似青青白白，其实缺油少盐，又苦巴巴的，实在是难以下咽。但是有什么办法呢，不吃豆渣就挺不到过年的时候。

点豆腐的浆水，用途也非常大。首先得用来清洗被子、褥子。家里的被褥用了一年，上边沾了很多污垢，被汗水浸湿过一遍又一遍，已经变得硬邦邦的了。用浆水来洗，不需要洗衣粉或者香皂，就有天然的美白效果，不仅特别干净，而且软乎乎的，还带着淡淡的香味。洗完了被子、褥子，由于汗水的原因，浆水不仅稠巴巴的，还带着一股子咸味。再把苞谷秆剁碎了，拌进去，用来喂猪，会把猪高兴坏的。浆水是猪最喜欢的食物，也特别有增肥的效果。这是它们一生中最丰盛的日子，也是它们的上路饭，等浆水吃完了，也就到了挨刀子的时辰。

母亲吃多了糠糠草草，最后因为患了肠胃方面的疾病，在三十九岁的时候就去世了。母亲去世以后，也许为了怀念母亲吧，姐姐贴过一次灶神。灶神没有贴在厨房里，而是贴在中堂"天地君亲师位"的旁边。平时烧香祭祖的时候，也捎带着祭一祭灶神，祈求保佑我们粮食丰收、烟火兴盛，不要再挨饥受饿。

不过，灶神只贴过那么一次，就再也没有撕掉过。如今已经四五十年过去了，经过烟熏火燎和岁月的沧桑巨变，还依稀可以看到灶神笑眯眯的、脸色红润的面孔。

中国著名的年画产地很多，天津杨柳青，山东潍坊，江苏桃花坞，河南朱仙镇，武强只是其中之一，但是从画风和人物形象来看，我更相信我们家所贴的门神来自武强，主要证据有两点：一是武强门神的色彩，由槐黄、榴红和靛蓝三色组成，比较鲜明纯正；二是武强门神的人物，面部周正帅气，表情威风凛凛。还有一点，爱屋及乌，我第一次如此接触年画，对武强年画是有感情的，所以不提过去，以后再贴年画，我肯定要优先选择武强出品，反正如今的网购特别方便。

我在武强的年画中，还找到了一个美丽故事的源头。小时候的塔尔坪，孩子们是没有书读的，大人们也没有受到过什么教育，大部分还是文盲。但是我们特别爱讲古今，也就是讲故事。夏天的时候坐在院子里一边乘凉一边讲，冬天的时候坐在火塘前一边烤火一边讲，春天和秋天在地里薅草和收庄稼的时候也要讲。我们讲的大多是鬼故事，我印象最深、对我影响最大的一个故事和爱情有关。

相传，有一个小伙子父母死得早，家里只有他一个人过日子。有一年，他在床里边的墙上贴了一张年画，画中有一个姑娘，长得像下凡的仙女。小伙子每天干活回家，都要对着画中的姑娘看上几眼，有了烦恼和高兴的事情也会告诉她。有一次，小伙子收工回来，发现家里被收拾得干干净净，床被铺好了，饭也做熟了。一连好几天都这样，让小伙子特别纳闷。又一天，小伙子带着锄头，假装出门薅草，然后偷偷地躲在窗外。他刚一离开，画中的姑娘就迈开腿，轻轻地走了下来，扫地，洗衣服，生火做饭。小伙子明白原因，就趁姑娘不注意，把那张年画卷了起来。姑娘发觉以后，已经无法回到画里。因为小伙子特别勤快，在村子里的人缘也特别好，加上对姑娘特别照顾，特别善良和真诚，最终打动了姑娘，答应与小伙子结成了美满夫妻。

大人们每次讲完故事，都会补充一句：你们知道了吧，人一定要勤快，心肠要好，才能娶到好媳妇。这个故事被几代人反复讲，添油加醋地讲，甚至还讲得有名有姓。我一直以为是大人们瞎编的，但是到了武强，发现我们讲了这么多年的故事，竟然是"武强年画一年鼓一张，不知落在哪一方"的传说。关于武强年画的传说还有很多，有镇宅驱魔的猛虎，有扶弱济贫的雄鹰，有阴错阳差的奇巧姻缘，歌颂着人世间的真善美，鞭挞着人世间的假丑恶，为武强年画增加了无限的神秘色彩。

其实，门神和灶王爷，只是武强年画中很少的一部分。有一句话，一方水土养一方人，同样适应于年画艺术，更适应于门神、灶神的诞生。武强境内有很多河道，经年累月形成大片洼地，洼地长着密密麻麻的芦苇，还有粮食作物以麦子为主，麦子黄了被收割了，留下大量的麦秸，都为造纸提供了上好的原料；武强适合杜梨木的生长，这是年画刻版最好的木材；武强年画一般由黄、红、蓝三色组成，印刷需要的槐黄、柳红、靛蓝三种颜料，都是用当地生长的国槐、石榴树、兰草的花和叶，发酵以后提取出来的。所以，年画能够选择衡水武强，当然与自然地理、民俗风情、人文精神等因素分不开。也可以说，这里的水，这里的土，这里的人，这里的一草一木，这里的万物精华，统统汇集在一起，把灵魂附在一张张小小的年画里。

看似小小的一张武强年画，制作起来其实并不容易，一般要经过"绘、刻、印"三道工序：由画师设计并绘制画稿，由刻版师雕刻画版，由印刷师来套色印刷。每一道工序都需要极高的工匠精神和艺术修养。

第一道工序是画稿，这无异于一次书画艺术创作。题材丰富多彩，民间习俗，神话传说，天文地理，戏曲经典，才子佳人，爱国图强，等等。刘无双赠珠、青云下书、白美娘借伞的《六美图》，演绎了一曲曲才子佳人的东方佳话；瓶中插着牡丹花、菊花和百合花，果盘中的寿桃、佛手柑、葡萄和切开的多子西瓜，还配有藕、莲子、莲花，这张《富贵花开》年画，体现了美好幸福的生活；大战滦州、保卫边区、打日本救中国等年画，展现了保家卫国的情怀和爱国主义精神。还包括神祃图，天神、地神、人神、鬼神，财神、门神、灶神，儒、释、道三教诸神，凡寄托着人们美好愿望的神灵可以说是应有尽有。这些年画，或凄婉动人，或亦真亦幻，或如梦如痴，或感天动地，或祈福镇宅，讲述着人们对美的追求，诉说着画里画外的奇妙世界，怪不得被认定为首批国家级非物质文化遗产，被联合国教科文组织专家誉为"东方圣经图解"。

第二道工序是刻版，一幅年画有多少种颜色，就需要雕刻多少块画版。这些画版选用的杜梨木，纹理细腻，木质不软不硬，受潮经水不易炸裂。我抓起武强的泥巴捏了捏，肥沃而不淤腐，细腻而不松软，和杜梨木的品质是相符的。在武强年画博物馆，我们看到一位年轻的师父，手中握着一把雕刀，随着噌噌的雕刻声和木屑的飞溅，一幅十二生肖的《子鼠》慢慢呈现在一块木版上。在博物馆的第四展厅一角，玻璃柜里码着一摞摞的年画古版，据介绍，这是二十年前在武强县旧城村贾家老宅的屋顶上发现的，由冯骥才和薄松年等专家冒雨抢救出来的，共150余块，为清朝中晚期至民国初年所雕刻，其中包括极为珍贵的《三鱼争月》《乐鸽图》。这些年画古版，有的发黑，但是黑而不腐，有的残损，但是残而不裂，画面依然清晰可鉴，经历了数十年到数百年的风风雨雨，仍然散发出一股永恒的艺术气息。

在衡水，我们还去了世界乐器博物馆，看到了拇指大的提琴和戴维营的钢琴；我们还去了武强周窝音乐小镇，在正午的阳光下听一位姓郭的大妈，用萨克斯吹奏了一曲《莫斯科郊外的晚上》；我们还去了安平国际丝网展览馆，看到了制作筛子用来筛面粉的钢丝网，当然也看到了防火、防爆、防弹用的新型材料；我们还去了衡水湖国家级自然保护区，看到了天蓝、水清、草木葱茏，和各种鸟儿翩翩起飞；我们还去了冀州区石与木艾草文化园，看到我的故乡满山遍野生长着的艾草正在他乡的春天弥漫，我捏了一把工人刚刚捣碎的艾绒放在嘴里，慢慢地咀嚼着那山、那水、那年的味道。

"燕赵之地，自古多慷慨悲歌之士。"这句话修订自韩愈《送董邵南游河北序》开篇第一句。"风萧萧兮易水寒，壮士一去兮不复还"的荆轲，长坂坡单骑救主的赵子龙，当阳桥头一声吼的张飞，风雪夜一路狂奔的林冲，血染沙场的狼牙山五壮士……作为"冀"之根脉的衡水，自然也是名人辈出，我能说出来的就有董仲舒和孙犁。尤其董仲舒，是汉景帝时期的博士，我的陕西老乡司马迁曾请教于他。董仲舒的公羊学对司马迁影响很大，为司马迁写《史记》打下了思想基础和评判历史人物的道德标准。假设没有董仲舒，又会是一个什么样的司马迁和一本什么样的《史记》呢？

古往今来，河北人包括衡水人，唱出了一曲又一曲慷慨悲歌。可以说，在衡水的几天，我找到了那久远而清晰的美好记忆，似乎同时找到了失而复得的生命本源。从衡水离开的时候，有朋友知道我喜欢门神，便送了我两张。好了，不说了，虽然离过年尚早，离端午不远，我还是十分急切地想把武强门神贴在大门上。告诉大家吧，我们家刚刚换了门，门是两扇，正好可供敬德和秦琼分立左右，这是多么威风的事情呀！

被风吹过的地方（后记）

我细细地琢磨了一下，"采风"一词真有味道。

如果用"采"字组词，有采花、采果、采药、采茶、采莲、采煤、采矿，都和实实在在的物质有关。但是"采风"就不一样了，风是虚的。水不成形，却可以舀起来装在盆子里；阳光不成形，却还有颜色可以辨别。但是风呢，你说它有形吧，却看不见、抓不着，而且无色无味。当一阵风刮过来，你看到的摇摇晃晃的不是风，而是各种各样的树木，你闻到的香味也不是风，而是混在风里的花儿的呼吸。

那么"风"又怎么去"采"呢？这让我又想到一个地方——扶风。扶树，扶人，扶梯，扶桑，扶养，只有弱不禁风，风又怎么扶得起来呢？我去过扶风，属于陕西，地处关中平原西部，历史沿革可以追溯到原始社会的神农氏时期，那里最有名的是法门寺，还有就是周原遗址，是周文化的发祥地，出土了大量卜骨和卜甲，以及数以万计的青铜器，很多还是国宝级的，所以被素有"青铜器之乡"的美誉。离扶风不足一百公里，有一个陈仓区贾村镇的地方，出土过一个西周早期的青铜器"何尊"，上边的铭文中有"宅兹中国"，为"中国"一词最早的文字记载。不过，中国的"国"字，那时候没有外边的方框，只有里边的"或"，意味着疆域无边，只是后来才围了起来，有江山永固的意思。

还是说"采风"吧。我后来去一查，采风一词的本义，是指对民情风俗的采集，特指对地方民歌民谣的搜集，出自隋朝文中子王通《中说》卷五的问易篇："诸侯不贡诗，天子不采风，乐官不达雅，国史不明变，呜呼，斯则久矣，《诗》可以不续乎！"是文中子和弟子们谈话时对世风发出的感慨。我们现在的采风是演绎出来的，也就是到处走一走、看一看，寻找创作灵感和积累创作素材。

这些年采风的次数比较多，我开始是不以为意的，总感觉一个地方和另一个地方，都大同小异，而且和我无关。但是走着走着，却发现真是千差万别。除了自然山水和地理气候不同以外，最大的不同还有饮食、民俗民风、历史文化，这么多的不同汇集在一起，就形成了不同的地方特色。

后来，我每到一个地方，尝当地的饭菜，爬当地的山，蹚当地的河，试当地的水温，逛当地的老街古镇，了解生于斯或葬于斯的先贤名士，总感觉有点走马观花的味道。再后来，我便发现，岁月虽然不停地流逝，但是所有的不同并未随风飘散，其实都留在了风中，浸入了人们的骨头和血液。而且随着风起风落，不仅仅送来了春夏秋冬的四季轮回，又相互紧密地融合在一起，成为中华大地上不可分割的一部分。比如，我最近去的是衡水，在相距千里的地方找到了儿童时候的许多记忆。

我采风所去的地方，都不是什么大城市，相反很多地方还特别偏僻，在交通如此发达的时代还需要坐十几个小时的火车，比如去湖北五峰，比如去云南蒙自。城市生活，其实就是空中楼阁，脱离泥土，脱离人间烟火。正是这些偏僻的地方，才是最接地气的，是这个世界的神经末梢，让我真正地落脚于大地之上，真正地看到花是怎么开的，水是怎么流的，山是怎么绵延起伏的。尤其是接触了为改造世界不断劳碌的人们，看到那花不是随随便便开的，那水不是随随便便、清清亮亮地流的，那山不是随随便便可以翻得过去的。比如在贵州，就看到人们是如何把一条条大路扛在肩膀上，使这个没有平原的省份变成了"平原"。

我现在还是不明白，古人为什么把抚州叫抚州，把丽江叫丽江，把桐庐叫桐庐，但是一点也不影响我对这些地方的兴趣和热爱。灵感就是来源于热爱，一个拥有热爱的人是会文思泉涌的。所以每次采风回来，我都没有把命题作文当成压力，写出来的文章也都意气风发。

我给这本书还起过几个名字，比如《大好河山》，比如《美丽大地》，比如《美好地图》，当然还有《山川漫记》。之所以用"漫记"，不是漫不经心的意思，而是指"漫山遍野"和"大河漫漫"。之所以不用"游记"，是因为我写的不是传统的游记，也不是所谓的文化随笔，那么是什么呢？我觉得，我写出来的就是风，什么都夹杂在其中的风，可大可小、无处不在又无法抓住的风。所以，最后定名哪一个，都无关紧要，反正我走过的，都是被风吹过的地方。

2024 年 5 月 23 日于上海